Secuestro Accidental

E.L. KOSLO

Derechos de Autor

Traducción: Cathy Cosme – @illustracoss
  Edición: The Romance Doctor - Brittni Van @the_romance_doc
  Diseño de portada de libro por E.L. Koslo
  Ilustraciones de personajes de @qamber.emporium
  Imágenes: Depositphotos: @ drogatnevInterior @ moodbringer, @ drogat-nev
  Tipografías: Rustling Trees & BaskervilleBT

La Dedicatoria

ESTE LIBRO ES PARA todas las mujeres que quieren un rollo de canela enmascarado para perseguirlas por el bosque y tocarlas contra un árbol.

Capítulo
Uno

Hudson

EL SONIDO DEL CRISTAL rompiéndose en el suelo de concreto atrajo mi atención hacia la esquina trasera del bar. Se podían escuchar voces fuertes sobre la música que sonaba, y solté un suspiro pesado antes de colocar el vaso de Pilsner en mi mano junto al fregadero de la barra.

Joder.

Era una de esas noches. Las ciudades universitarias eran un puto caos durante el semestre de otoño, y aunque mi clientela habitual era un poco más ruda, esos chicos de fraternidad borrachos que querían mezclarse no podían evitarlo.

Antes de que pudiera subir al bar, la multitud de veinteañeros ebrios se apartó, y un destello de cabello púrpura llamó mi atención.

La mejor amiga de mi hermana pequeña tenía lo que parecía ser un hermano de fraternidad—en una camisa tipo polo rosa, para colmo—le hacia una llave sobre su cabeza y estaba sosteniendo dos dedos de su mano derecha de una manera muy precaria. Un movimiento en falso y estaría masturbándose con la mano izquierda en el futuro. Si le dejaba algo con lo que masturbarse.

Uno de los porteros la siguió, sacudiendo la cabeza mientras ella llevaba al idiota hacia la puerta. Charley estaba jodidamente loca, así que si ese tipo la tocaba, tenía suerte de que sus pelotas siguieran intactas y no estuvieran metidas en su garganta.

Cuando ella me pidió un trabajo mientras terminaba la escuela de posgrado, yo había estado dudoso, pero ella llevaba bien ser camarera en un bar abarrotado como una profesional. No dejaba que los clientes se salieran con la suya y ganaba suficientes propinas para seguir pagando su alquiler. Lo cual me quitó presión ya que ella vivía con mi hermana en el apartamento encima el bar.

— ¿Necesitas ayuda? — Grité, con la mano en forma de copa junto a mi boca para que Mikey pudiera oírme.

— Creo que ella tiene todo bajo control — Gritó de vuelta con una risa, gesticulando frente a él mientras Charley marchaba con el Sr. Manos Largas hacia la salida. Su pierna se lanzó hacia adelante, pateando la puerta del bar para abrirla de golpe mientras gritaba a las personas que merodeaban afuera.

— Muévanse, cabrones. Estoy tratando de sacar la basura.

Mikey se encargó de ahí en adelante, agarrando al tipo por la parte de atrás de la camisa y desapareciendo en el estacionamiento. Lo más probable es que le confiscara las llaves al imbécil y le pidiera un Uber a cuenta del bar, pero me alegraba que estuviera fuera de mi establecimiento.La gente venía aquí a pasar un buen rato, y no iba a permitir que unos mocosos vinieran a armar jaleo. Lo cual me hacía sonar como si tuviera 90 años, pero había dejado mis días de hacer el gamberro atrás cuando me convertí en dueño de un negocio a los 26.

Si el objetivo de mi padre cuando firmó la compra del bar hace más de cuatro años había sido que yo tomara mi futuro en serio, lo había logrado.

Charley volvió, secándose las manos en su corta falda de mezclilla, sonriendo con desprecio mientras se deslizaba bajo el alero del bar. Ella medía apenas uno sesenta y cinco, pero la chica tenía un cinturón negro en Taekwondo y podía dejarte en el hospital si te metías con ella. Había aprendido hace años que no debía meterme con ella.

Hazel también me causaría un montón de problemas si me metía con su mejor amiga. Charley estaba prácticamente pegada a mi hermana pequeña y había sido una espina en mi costado desde que tenía diez años.

— ¿Qué tal, jefe? — Ella buscó un vaso de chupito debajo de la barra, lo golpeó contra el mostrador antes de agarrar una botella de vodka de durazno. Observé, cruzando los brazos sobre mi pecho mientras ella se servía un trago. Me guiñó un ojo antes de beberlo de un trago y traté de no dejarme llevar por eso.

— ¿Qué te he dicho sobre beber durante el horario laboral?

Se encogió de hombros, extendiendo la mano hacia la botella de nuevo, pero yo la aparté, bloqueándola con mi cuerpo mientras intentaba recuperarla. — Oh, vamos, me lo gané.

— Te ganaste el primero. Has terminado — No había manera de que la dejara salir de nuevo con más alcohol en su sistema. La razón por la que era tan buena en su trabajo era porque reaccionaba rápidamente, así que las cosas no se descontrolaban. — O vuelves aquí conmigo el resto de la noche.

Ella entrecerró los ojos, y me estaba preparando para que me echara la bronca, pero solo resopló y me miró con furia — Las propinas aquí atrás son una porquería.

— No es mi problema. Te emborrachas bajo mi vigilancia, tengo que cuidarte. Y no tengo el tiempo ni la paciencia para eso. Si no te has dado cuenta, eres un poco difícil de manejar.

— Dos tragos no me emborracharán. Eres un aguafiestas a veces — Sabía que no lo haría, pero tampoco la necesitaba atrapada detrás de la barra conmigo. Cada vez que ella atendía la barra, terminábamos desbordados en el mostrador. No era tan ingenuo como para pensar que era por mi encantadora personalidad. Las faldas cortas de Charley los atraían a todos y yo pasaba la noche tratando de seguir el ritmo de las masas babeantes compitiendo por su atención.

Mi novia, Vivienne, no había entendido por qué le di trabajos a Hazel y Charley, pensando que mi hermana y su amiga eran unos parásitos. A ella no le importaba que ambas hubieran ganado con creces sus lugares en la rotación, y que el negocio generalmente aumentara cuando las dos trabajaban juntas.

También le molestaba a Viv cuando trabajaba demasiado cerca de Charley. Las dos tenían un parecido sorprendente, y cualquier mirada casual se interpretaba como si estuviera atraído por la mejor amiga de mi hermana pequeña. Como nunca había pensado en Charley de la misma manera que lo hacía con Viv, no entendía por qué se ponía tan molesta por ello, pero intentaba mantener la distancia para mantener la paz.

Hazel se movía entre la parte trasera del local y la barra, asegurándose de que el servicio de comida funcionara sin problemas. Aunque nuestro padre me había traspasado oficialmente el bar, quería que ella siempre tuviera un lugar seguro donde volver. Actualmente estaba tomando algunos cursos de ilustración en línea, así que sabía que usaba sus propinas para complementar sus gastos hasta que sus comisiones de ilustración aumentaran.

— Hola, sexy camarero — llamó una voz femenina aguda desde el final de la barra, y vi cómo Charley ponía los ojos en blanco. Antes de que Vivienne la notara, giró sobre sus talones y se subió al bar, deslizándose por el lado opuesto sin darle a los chicos de la mesa más cercana demasiado espectáculo. Mantuvieron la vista en sus bebidas cuando vieron la mirada que les había dirigido. Tan pronto como vi que ella estaba de vuelta en la pista de baile, volví mi atención a la mujer que intentaba llamar mi atención.

— ¿Puedo ayudarle, señora? — Pregunté, apoyando mis antebrazos en la madera desgastada. La pequeña rubia platino se inclinó hacia adelante y me dio un beso en la mejilla antes de acomodarse de nuevo en su taburete.

— ¿Cuándo puedes salir de aquí? — La observé mientras jugueteaba distraídamente con un rizo en su dedo índice. Viv solo era dos años más joven que yo, con veintiocho, pero a veces actuaba—y se vestía—como si fuera más joven que mi hermana de veinticuatro años. Lo cual estaba bien cuando nos conocimos hace cuatro años, pero con poco más de treinta, no estaba tratando de revivir mis días de gloria.

Su top corto ajustado al cuerpo abrazaba sus generosas curvas. Curvas que habían sido lo que me atrajo de ella en primer lugar, y que seguían atrayendo la atención de mis clientes. Nunca había actuado al respecto cuando los hombres la cortejaban, pero podía notar que disfrutaba la atención. Siguiendo con la mirada su cuerpo, pude ver una franja de la piel tonificada y artificialmente bronceada de su abdomen que se adentraba en un par de ajustados pantalones cortos de mezclilla. Era un contraste bastante grande con lo que llevaba durante la semana, su armario lleno de blusas a medida, faldas y tacones altísimos. Puede que se vistiera como la chica fiestera los fines de semana, pero yo sabía que la persona seria que trabajaba en la oficina era quien realmente era.

El bar cierra en dos horas. Soy el último en salir esta noche. Normalmente, cambiaba turnos con los otros dos camareros, alternando quién cubría los fines de semana. Pero como quería celebrar Halloween fuera del trabajo en unos días, había estado trabajando los fines de semana durante las últimas tres semanas para compensarlo.

— ¿No puedes escaparte temprano? — se quejó, inclinando la cabeza hacia un lado. Sus pestañas parpadearon, y sacó el labio inferior en un puchero. Un movimiento que una vez funcionó conmigo, pero no la dejaría manipularme para ser un mal jefe porque me importaban las opiniones de mis empleados sobre mí. — Ya no tienes tiempo para salir conmigo. Eras mucho más divertido cuando no tomabas el bar tan en serio.

Sabía que la estaba decepcionando, pero este bar significaba seguridad financiera, y tenía que tomarlo en serio si no quería decepcionar a todos los demás en mi vida. Mis padres esperaban que mantuviera el negocio a flote, mi hermana dependía de sus ingresos como camarera para cubrir los gastos de sus clases en línea y materiales de arte, y mis empleados dependían del dinero que ganaban con las propinas. Si las cosas empezaban a desmoronarse porque quería pasar más tiempo con mi novia, todos sufrirían.

— Viv, sabes que no puedo. Saldré a las tres como de costumbre.

— Pero estaré demasiado cansada para quedarme despierta para entonces — Mis sienes palpitaban con el tono agudo de su voz. Odiaba que no pudiera simplemente aceptar un no por respuesta. Nunca iría a su trabajo durante las horas laborales y esperaría que dejara todo para entretenerme. Solo porque ella trabajara en una oficina durante el día no significaba que mi trabajo durante la noche fuera menos importante.

— Entonces tal vez me quede a dormir en mi oficina — Los domingos solía hacer el inventario antes de nuestra entrega semanal de alimentos, así que sería más fácil si no tuviera que ir y venir. Cuando asumí el bar, vivía en el piso de arriba, pero cuando Hazel terminó la escuela de arte y se mudó de nuevo a casa, compré un lugar a unas pocas cuadras para que no tuviera que vivir con nuestros padres.

Viv entrecerró los ojos, girándose para buscar a mi hermana en la habitación.
— No planeas quedarte en su apartamento, ¿verdad?

— No — suspiré, levantando la mano para recolocar mi sombrero negro sobre mi cabello sudoroso. El hecho de que ella fuera directamente a eso aumentó mi irritación. — Me quedaré en el sofá de mi oficina. Abajo. No arriba.

Charley y Hazel compartían el modesto apartamento de dos habitaciones sobre el bar ahora, y era casi irreconocible desde que yo vivía allí. Mi hermana era extremadamente femenina y había pintado enormes flores en la mayoría de las paredes de la sala de estar.

No era su casero, técnicamente nuestro papá lo era, pero me aseguraba de que las chicas tuvieran todo lo que necesitaban. Y actuaba como su hombre de mantenimiento si algo salía mal.

— Quería hablar contigo sobre algo — Parecía molesta porque no me estaba poniendo a su disposición, pero tenía responsabilidades más allá de hacerla feliz. A veces sentía más como si fuera un accesorio para que ella presumiera que su pareja. Su pareja, que era un adulto con un trabajo de adulto.

— Después de que termine con el inventario, guarde el envío y haga los pedidos de la próxima semana, iré a tu apartamento.

— Supongo que está bien — suspiró, pero sabía que estaba molesta conmigo. La había dejado plantada muchas veces últimamente. Ella esperaba que dejara todo de inmediato, pero este bar era mi futuro. Mi padre no había mantenido el lugar funcionando durante veinte años saliendo temprano y eludiendo sus responsabilidades.

Antes de que pudiera pensar en cómo calmar su actitud, la puerta principal del bar se abrió y una docena más de estudiantes universitarios se unieron a la multitud.

— ¿Quieres una bebida? Estamos desbordados, y necesito volver al trabajo.

Viv sacudió la cabeza, su rostro contraído por la ira. Pero lo ignoré y solté un suspiro. Cuando volví a mirar hacia arriba, ella ya estaba absorta en su teléfono mientras yo escapaba al otro extremo de la barra para atender a mis nuevos clientes.

Ella había estado irritada conmigo durante meses después de que le dije que no quería vender mi casa para mudarnos juntos a un lugar nuevo. Lo había considerado, pero tenía horarios extraños y no sabía cómo lo llevaría ella. Tampoco quería mudarme con ella solo porque lleváramos unos años juntos.

Las cosas habían sido informales entre nosotros cuando empezamos a salir, y simplemente nunca se detuvieron, pero últimamente ella había estado insinuando que quería más. Simplemente no estaba seguro de si podía darle más.

No había protestado por mi trabajo cuando nos conocimos. Incluso había pensado erróneamente que solo era un camarero, no el dueño del bar. Mi papá todavía estaba involucrado en el día a día en ese entonces, y cuando finalmente se jubiló y yo ocupé su lugar, ella no estaba contenta porque eso significaba que no estaba libre cada vez que ella me llamaba.

Mientras observaba sus dedos excesivamente cuidados deslizarse por la pantalla de su teléfono, intentaba encontrar rastros de la chica de la que me había enamorado. No estaba seguro de que ella siguiera ahí bajo la cuidadosamente curada superficie de la mujer en la que se había convertido.

Capítulo Dos

Hudson

Levantando una caja de patatas, la llevé al cuarto frío junto a la cocina y la apilé en una estantería junto a la puerta.

Me estiré, girando los hombros antes de recostarme, gimiendo mientras mi espalda crujía. Las cosas se habían calmado antes de la última hora, pero ya estaba demasiado viejo para dormir en sofás. Después de pasar toda una jornada de pie y luego dar vueltas en el sofá de mi oficina, estaba jodidamente cansado. Además, necesitaba desesperadamente una ducha porque todavía olía a bar.

— Estamos ya demasiado viejos — se quejó mi mejor amigo, Reid, mientras se unía a mí y dejaba caer una caja de tomates. — ¿Por qué no puedes hacer que uno de los camareros haga esta mierda?

— Porque tomaron turnos extra esta semana para que yo pudiera tomarme unos días libres.

— ¿No estás a cargo? Tú haces el horario, así que si quieres tomarte días libres, simplemente hazlo.

— Ambos sabemos que no es tan fácil — reí, rodeándolo para ir a agarrar otra caja de la pila junto a la puerta trasera. — ¿Vas a empujar a tus clientes habituales a otro artista?

— Mi situación es diferente. La gente es exigente con quién quiere que le tatúe algo permanentemente en el cuerpo. A la mayoría de la gente no le importa quién les sirve las bebidas — Hizo una pausa, sonriéndome con suficiencia. — A menos que sea Charley. Podría envenenar mi bebida.

— Es el lo primordial. Si quiero que sigan trabajando para mí, tengo que dar el ejemplo. Faltar a los turnos no fomenta exactamente una buena relación laboral ni el respeto.

— Ser un adicto al trabajo no fomenta exactamente una buena relación romántica. ¿Cómo está lidiando Viv con que trabajes sesenta horas a la semana?

No muy bien. Tenía la sensación de que cuando me dirigiera a su apartamento más tarde, tendríamos una pelea. Típicamente, pelear con ella resultaba en un sexo áspero y acrobático, pero tampoco resolvía los problemas entre nosotros.

Pero no quería hablarle de esto. — Como si tú fueras el indicado para hablar. ¿Cómo te está yendo con esos malditos clientes aleatorios?

Me miró con furia, y supe que había dado en el clavo. — Se me insinúan. Y no es como si me acostara con ellas mientras estoy trabajando activamente en un trabajo. Pero si una chica atractiva me da su número, no voy a rechazar una oportunidad segura. O una mamada en mi oficina. Aparentemente, los tatuajes son afrodisíacos.

— ¿Alguna vez has considerado intentar salir con alguna de ellas? — Nunca había dejado atrás la fase de chico malo por la que ambos habíamos pasado a mediados de nuestros 20. Había sido divertido, y no tener ataduras era atractivo en ese momento, pero yo prefería estar con una sola persona. Cuando no estaba enfadada conmigo.

Me dio tiempo para aprender lo que le gustaba a ella, y no tenía que ser una lucha constante. El sexo con desconocidas fue divertido por un tiempo, pero se sentía un poco vacío al día siguiente. Y algunas de esas chicas eran más salvajes de lo que podía manejar.

Algo así como...

No. No voy a entrar en eso. No debería estar pensando en que la mejor amiga de mi hermana es salvaje.

Nunca se acostó con chicos del bar, pero había escuchado ruidos provenientes de su dormitorio en el piso de arriba cuando ella no sabía que yo estaba en mi oficina. Charley era ruidosa, y parecía que le gustaba el sexo duro especialmente porque podía escuchar el golpe del cabecero contra la pared encima de mí.

Una parte de mí temía tener que arreglar las abolladuras en su habitación cuando finalmente se mudara, porque no quería pensar en cómo las había hecho.

No es que no supiera que ella era una persona sexual, pero pensarlo me hacía sentir como un pervertido. Y saber que ella llevaba a mi hermana a ligar con chicos era algo que seguiría pretendiendo que no había pasado. Hazel era una chica dulce, y odiaba cuando yo advertía a los chicos que se alejaran de ella, pero no quería que se aprovecharan de ella.

— Tío, ¿me estás escuchando?

— ¿Qué? — Sacudí la cabeza, enfocándome en Reid y tratando de no dejar que su sonrisa me afectara.

— Pregunté cuáles eran tus planes para la fiesta. ¿Qué disfraz vas a llevar?

Viv había hablado de armar disfraces a juego, pero yo no lo había pensado mucho. Estaba segura de que ella elegiría algo y me haría ponérmelo. — No estoy seguro todavía. Viv dijo algo hace unas semanas, pero aún no me lo ha mostrado.

— Eres un maldito cobarde a veces. ¿Por qué siempre le dejas salirse con la suya?

Sabía exactamente por qué. — Es más fácil hacer lo que ella quiere. Sabes cómo se pone.

— ¿Te gusta siquiera? Parece que solo te quedas con ella porque no quieres buscar otra cosa.

— Por supuesto que me gusta. Hemos estado juntos durante cuatro años.

— Entonces, ¿Por qué no la dejas mudarse o te mudas a su casa?

— Porque me gusta mi casa y no quiero mudarme a uno de esos estúpidos condominios en los que ella vive. — Su lugar parecía sacado de una publicación de Instagram. Supongo que técnicamente estaba en su cuenta, pero todo parecía demasiado falso. — Todos se ven iguales, y no encajo con todos los profesionales serios en ese edificio. Probablemente pensarían que soy un vagabundo o un ladrón. Has visto a los amigos de Viv.

— Sé que no es asunto mío, pero parece que estás poniendo excusas. ¿Te quedas con ella porque quieres estar con ella o porque es más fácil? Si me preguntas, prefiero estar solo a que me manden.

— Tienes razón. No es asunto tuyo. Y por eso sigues jodidamente soltero. No entiendes cómo funcionan las relaciones.

Cruza los brazos, y sabía que solo decía algo porque era mi amigo, pero nunca le había gustado Viv.

— Solo porque no he conocido a alguien con quien quiera pasar más de una noche no significa que no entienda las relaciones. Simplemente significa que no pierdo mi tiempo en cosas que están destinadas a fracasar una vez que la emoción del sexo se desvanece.

— Y por eso nunca estarás en una relación seria. Nunca le das una oportunidad a nadie.

— ¿Cómo de repente esto se volvió sobre mí? Me gusta cómo es mi vida. Eres tú el que está de mal humor. Y quedarte con una chica con la que has crecido solo porque es más fácil que encontrar a alguien más.

— ¿Podemos terminar esto para que pueda irme a casa y ducharme antes de tener que ir a su casa? Sé que solo estás preocupado, pero no necesitas preocuparte por mí.

— Solo avísame cuando estés listo para algo diferente y quizás te deje acompañarme de nuevo como mi compañero de ligue. Solías ser bastante bueno en eso antes de que Viv intentara domesticarte.

— Conoces a la mayoría de tus amigas con derecho en mi bar o en tu tienda. No estoy interesado en traer drama innecesario a ninguno de nuestros trabajos.

Se rió, dándome una palmada en la espalda. — Está bien, sé un santurrón. Ve a tener sexo misionero aburrido con tu novia antes de que te vista como un idiota. Voy a burlarme de ti si ella te hace ponerte un disfraz estúpido.

— ¿Qué llevarás puesto? Él sonrió con desdén, sus cejas danzando antes de inclinarse. — Voy a llevar mi casco de bicicleta y pantalones de cuero. No he decidido si iré completamente sin camiseta o solo con una camiseta ajustada.

— ¿Eso es un disfraz?

— Tío, creo que subestimas el poder de un poco de misterio. El tipo tatuado en moto vestido como el sueño húmedo de cualquier chica. No hay manera de que me vaya a casa solo. Estas chicas universitarias están interesadas en chicos malos y hombres enmascarados.

Parecía que se estaba metiendo en problemas, pero si todo era consensuado, no juzgaría lo que a la gente le gustaba. Si quería tener sexo anónimo usando un casco de motocicleta y a la chica le parecía bien, eso era asunto suyo. Siempre y cuando no lo hiciera dentro de mi bar.

— No vuelvas a follar en la habitación de atrás.

— Eso fue una vez.

— Mi maldita hermana te encontró a ti metido hasta el fondo con una chica al azar y no te detuviste. Si vas a follar con desconocidas en público, llévalas al lado de tu tienda.

— No sabía que Haz iba a entrar. Y no es mi culpa que ella gritara y tropezara con una caja de Jack en el pasillo.

Hace unos años, tuve que llevar a mi hermana a la sala de emergencias cuando lo encontró. Terminó con puntos en la pierna por donde se cayó, y todavía no podía mirar a Reid a los ojos.

No ayudó en nada que siguiera follando a la chica hasta que se corrió porque no escuchó el grito de Hazel por el chillido de la chica que tenía contra la pared. Corrí para encontrar a mi hermana sangrando con un trozo de vidrio de una botella de whisky rota colgando de su pantorrilla en el pasillo y a mi mejor amigo con los pantalones alrededor de las rodillas y su pene desinflándose.

Tuvo suerte de que no fuera otro empleado, porque al menos sabía que mi hermana no me demandaría. No era la primera vez que pillaba a gente follando en el bar—era algo que venía con el trabajo—pero no podía exactamente echar a mi mejor amigo y prohibirle la entrada.

—Te has convertido en esta versión sin pasión de ti mismo y desearías poder tener sexo en tu bar — bromeó Reid, y sabía que parte de su afirmación era cierta. Había cambiado, pero también estaba decidido a mantener mi vida privada alejada de mi carrera.

Viv había intentado seducirme algunas veces cuando se quedaba después del cierre, pero prometerle hacerle sexo oral después de ducharme la había distraído lo suficiente como para que finalmente lo dejara pasar. Paso suficiente tiempo en este lugar. No quería tener que desinfectar el mostrador o el almacén cuando podríamos simplemente ir a buscar una cama. Y follar en el baño de un bar después de que los estudiantes borrachos hubieran hecho Dios sabe qué toda la noche nunca me había parecido divertido.

Antes de que pudiera seguir discutiendo con él sobre mi vida sexual perfectamente normal, mi teléfono vibró en mi bolsillo.

> Viv: ¿Todavía vienes hoy? ¿Sigues viniendo hoy? Necesitamos hablar sobre la fiesta.

— ¿Esa es ella?

— Sí. Necesito ir para allá. Ella quiere hablar sobre la fiesta.

— Buena suerte, amigo. Mantente fuerte y no cedas ante un disfraz de pareja terrible. Si apareces como algún príncipe de Disney, te tomaré fotos, así que cuando te preguntes dónde quedaron tus pelotas, puedo mostrarte el momento exacto en que ella las cortó para guardarlas en su pequeño y diminuto bolso de diseñador.

Se fue mientras yo terminaba, preguntándome una vez más si parte de lo que había dicho era cierto. Viv había sido más una chica fiestera cuando nos conocimos, y nos habíamos metido en muchos problemas juntos el primer año que salimos, pero en algún momento, nuestros caminos se habían separado.

Mi título en gestión de restaurantes había hecho una transición sin problemas cuando mi padre decidió que pasar de ocho a diez horas al día de pie detrás de una barra ya no era lo que quería. No podía culparlo. Él había dado mucho de sí mismo al bar y cuando mi madre había reducido sus horas en el hospital, él quería reavivar algunas partes de su relación que habían perdido en el camino.

Estaban asquerosamente enamorados de nuevo después de haberse acomodado en la jubilación parcial. Finalmente tenían un buen equilibrio entre el trabajo y la vida personal y podían centrarse en su relación. Sabía que sus horas habían causado problemas entre ellos cuando éramos más jóvenes. Haz no recordaba las conversaciones susurradas a puertas cerradas, ni los meses que había dormido en el apartamento sobre el bar cuando yo estaba en la escuela secundaria.

Una parte de mí reconocía las señales de una relación en ruinas cuando Viv me criticaba por trabajar demasiado, pero yo nunca le decía nada cuando viajaba por trabajo una vez al mes.

Recibí otro mensaje cuando estaba cerrando y supe que ya me había entretenido bastante.

> Viv: *Si no vas a venir, al menos ten la decencia de decírmelo.*

> Hudson: *Me estoy duchando y luego voy para allá. Dame 45 minutos.*

Mi bicicleta estaba escondida bajo un saliente junto a la puerta trasera, en una pequeña zona vallada y asegurada con un candado porque algún idiota borracho había intentado llevársela hace unos años.

Pronto empezaría a cambiar el tiempo, pero mientras pudiera, me llevaría la moto al trabajo. Había algo estimulante en tomar curvas cerradas a toda velocidad y sentir que el estómago me tocaba fondo mientras serpenteaba por las sinuosas carreteras de montaña.

Viv odiaba ir en moto conmigo, así que si sabía que teníamos planes, me llevaba mi Chevelle restaurado al trabajo, pero incluso últimamente me acosaba para que lo vendiera y me comprara un coche más sensato.

Ella conducía un Tesla, y aunque era bonito, yo no me dejaría atrapar por un coche tan pretencioso. Los coches clásicos siempre habían sido mi pasión, y con todas las horas que había invertido en restaurar el mío, no estaba dispuesto a renunciar a él.

Veinte minutos después, guardé la moto en el garaje y la cambié por el coche tras una ducha rápida. Conduje hasta el apartamento de Viv, donde me recibió en la puerta. Llevaba el pelo recogido en un moño cuidadosamente esculpido y una sudadera de diseño. No podía ir más informal y, por una vez, deseé que se relajara y fuera ella misma. Viv, de veinticuatro años, no había tenido miedo de pasearse por su casa con el pelo suelto en caóticas ondas rubias y una de mis viejas camisas. Hacía mucho tiempo que no veía a esa Viv.

Cuando la miraba ahora, a menudo me preguntaba si había alucinado con la chica que había conocido.

— Por fin — suspiró, abriendo más la puerta y haciéndome un gesto para que entrara en su casa de aspecto impecable. — Tenemos que hablar, Hudson.

Capítulo
Tres

Hudson

— Perdona por haberte hecho esperar tanto. La entrega fue más grande esta semana con la fiesta, y me tomó un poco más de tiempo guardar todo de lo que había esperado — me disculpé, inclinándome para besarle la mejilla. Ella se burló y se apartó, mis labios rozando el aire mientras pasaba junto a ella. Cerró la puerta principal con más fuerza de lo necesario y me siguió hasta la sala de estar.

— No tendrías que haber esperado si hubieras venido aquí anoche como te pedí.

Mierda. Parecía que Viv estaba de mal humor. No es que eso me absolviera de lo que había dicho. Había estado priorizando el bar sobre ella durante meses. Normalmente, me resistía y le recordaba que tenía tareas que no podía dejar de lado cuando ella quisiera.

— ¿Querías hablar sobre la fiesta? — Cambiar de tema y evitar una pelea parecía una mejor opción.

Cruzó el apartamento, sacando bruscamente una bolsa de ropa del armario de abrigos. — Recogí los disfraces ayer.

Lo lanzó sobre el respaldo del sofá, y yo observé mientras abría la bolsa, estremeciéndome al ver la chaqueta de cuero morada dentro.

— ¿Qué? — resopló, sacando los ganchos y colgándolos en el respaldo del sofá. — ¿Tienes un problema con lo que elegí? Estás obsesionado con esa chica de los cómics. Pensé que te gustaría este. Y ambos sabemos lo bien que me veo con pantalones cortos diminutos y medias de rejilla.

— No voy a ir sin camisa — Ella claramente eligió el disfraz del 'Joker' de la era de Jared Leto, pero prefiero usar un traje morado antes que quedarme sin camisa con una fea chaqueta de piel de cocodrilo morada.

Parte de mí estaba emocionado de que ella se vistiera como una villana de cómic escasamente vestida, pero no estaba convencido con los disfraces de pareja.

— A veces eres tan soso. ¿Cuál es el sentido de tener toda esa tinta si la vas a cubrir?

— Soy el dueño del bar, Viv. Entrar sin camisa, cubierto de pintura facial y con un abrigo morado de mal gusto no es mi idea de diversión.

— Nada es tu idea de diversión últimamente. Solías ser más emocionante. Solíamos divertirnos juntos.

— Todavía nos divertimos — Cuando tenía los fines de semana libres, ella me arrastraba a todas partes a cosas en las que no tenía ningún interés. A menos que se tratara de mis horas en el bar, la dejaba hacer lo que quisiera cuando estábamos juntos. Simplemente disfrutaba pasar tiempo con ella. Al menos solía hacerlo. — He trabajado un montón de horas extra últimamente para que pudiéramos ir a la fiesta en lugar de que yo trabajara. No sé qué más quieres de mí.

— Quiero que vuelvas a ser espontáneo. Solías ser atrevido y aventurero. Ahora solo te obsesionas con el bar y pasas el rato con Reid jugando videojuegos cuando estoy ocupada. ¿Cuándo fue la última vez que hiciste algo que te diera una descarga de adrenalina?

— Nosotros... Yo... — Atónito, me senté en su sofá, apoyando los codos en las rodillas mientras intentaba asimilar sus palabras. Quizás me había acostumbrado demasiado a mi rutina como para desviarme de ella. — ¿Qué tipo de cosas espontáneas tienes en mente?

— No es espontáneo si tengo que decirte algo. Dios, ojalá ya lo hubieras descubierto. Estoy tan cansada de que mis amigas presuman de sus vidas sexuales y yo tenga que decir: *'sí, Hudson vino después de su turno y me hizo el misionero en mi cama antes de quedarse dormido.'* ¿Quieres saber algunas de las historias que escucho de ellas? Siento que me conformé con un perdedor que parecía un chico malo.

— Viv, ¿qué demonios? Eso fue un golpe bajo. Sabes que no puedo...

— Sí, ese es el problema. Todo lo que oigo es *'no puedo'*. Podrías hacerlo si te importara una mierda — Ella cruzó los brazos sobre el pecho, lanzándome miradas fulminantes a través del espacio que nos separaba.

— ¿Qué quieres? — Sus amigas parecían pequeñas clones unas de otras, así que no estaba seguro de qué tipo de travesuras sucias estaban planeando. Parecían del tipo que temería romperse una uña en lugar de involucrarse en un sexo aventurero.

— Beth y Travis fueron de camping el mes pasado, y él la folló contra un árbol. Tenía quemaduras de corteza durante una semana. Ni siquiera quieres salir del dormitorio, Hudson. Siento que nunca voy a conseguir lo que ellos tienen. Marcy dijo que Mason la persiguió por el bosque detrás de su casa con una máscara, luego la llevó de vuelta a su coche y se follaron en el camino de entrada. ¿Cuándo demonios voy a conseguir algo así?

Habiendo conocido a esas personas, fue un poco sorprendente, pero tal vez ella tenía razón. Todavía éramos jóvenes y no teníamos hijos. Tal vez necesitábamos darle un poco de emoción a las cosas. Algo tenía que cambiar porque parecía que ninguno de los dos era feliz. — ¿De dónde sacaron tus amigas esas cosas?

— Si estuvieras más presente, sabrías que tenemos un club de lectura picante. Todos han convencido a sus chicos de probar escenas de los libros, pero tú ni siquiera me dejas follarte en tu oficina.

— Estabas tratando de que dejara el bar sin personal un sábado durante la hora punta. ¿Tienes idea del tipo de caos que ocurriría si me fuera durante eso? — Era bastante malo que me hiciera sentir culpable por mis horas de trabajo, pero cuando intentó manipularme para tener sexo mientras estaba de turno, me había enfadado.

— Consigue que alguien más vigile la barra por una vez. Dios, Hudson, quiero sentir que soy más que un juguete con el que juegas cuando tienes tiempo.

— ¿Qué quieres que haga? ¿Es algo que quieres probar de uno de tus libros? — Si no era demasiado descabellado, lo probaría. Quizás necesitábamos reencontrar la chispa. No me había dado cuenta de que ella estaba tan infeliz con cómo estaban las cosas entre nosotros.

— ¿Sabes esas máscaras blancas de fantasmas de esas películas que salieron a finales de los 90? — Sabía de qué hablaba. Habíamos visto la primera película juntos una vez, pero ella no parecía realmente interesada. — No me opondría a que me persiguieras o fingieras secuestrarme usando uno de esos.

Las palabras que Reid había pronunciado sobre las chicas que se sienten atraídas por los hombres enmascarados vinieron a mi mente, y empecé a planear en mi cabeza. — ¿Cuándo?

— Eso es exactamente de lo que se trata el problema — Ella cruzó los brazos sobre el pecho, golpeando el pie en el suelo mientras me miraba con furia — No voy a decirte cuándo necesitas ser espontáneo. Eso quita todo el propósito. Deberías hacerlo.

— ¿Cómo se supone que voy a saber cuándo es un buen momento para planear algo así? ¿Voy a aparecerme un día y decirte que corras? ¿Qué más me pongo? ¿Te ato y te llevo al bosque o algo así? — Agarrando mi cabello, paso mis dedos bruscamente por los mechones húmedos, tratando de no dejarme abrumar por esto. Lo que ella pedía teóricamente sonaba razonable, pero ¿qué pasaría si no salía como estaba planeado? Solo usaría esto como otra excusa para estar molesta.

Viv parecía derrotada mientras se sentaba junto a mí en el sofá, metiendo su pierna debajo de ella y colocando su mano en mi hombro — Te he amado durante mucho tiempo, Hudson. Pero tal vez sea hora de que reconozcamos que queremos cosas diferentes. Cosas que no creo que puedas darme.

— ¿Qué demonios se supone que significa eso?

— Tal vez deberíamos ir a la fiesta por separado, intentar pasar el rato con otras personas. Ver si alguien más podría ser una mejor opción.

— ¿Qué demonios? Suena como si estuvieras terminando conmigo y quisieras venir a recoger chicos en mi bar durante una fiesta que planeé porque tú querías una.— ¿Es una idea tan mala? Ninguno de los dos somos felices.

— ¿Desde cuándo no soy feliz? No me eches esta mierda. Me esfuerzo al máximo para hacer tiempo para ti cuando mi horario me lo permite — Pero a veces tenía que cambiar los planes porque me necesitaban en el bar. Y se enojaba cuando sucedía y regularmente me daba el tratamiento del silencio. Pero siempre intenté compensarla. Claramente eso no fue suficiente.

— Devolveré tu disfraz a la tienda. Si no te gusta la idea de hacer algo que me haría feliz, claramente necesitamos pausar las cosas. Quiero que sigamos siendo amigos. Todavía me importas, pero solo necesito ver si algo diferente cumple con lo que quiero en una pareja. Estamos envejeciendo y no quiero perder el tiempo en algo que se desmoronará si note esfuerzas más.

— ¿Entonces, esto es todo? ¿Me estás dejando porque no inicio sexo espontáneo contigo? — Aunque había sido el atractivo inicial en nuestra relación, me parecía una locura que rompiera conmigo porque pensaba que nuestra vida sexual se había vuelto monótona. Ambos habíamos invertido cuatro años en ser pareja. No era solo un juguete sexual para mí.

— Hay otras cosas también. ¿Puedes decirme honestamente que ambos estamos buscando el mismo futuro juntos? — preguntó, sonando exasperada.

Ella actuaba como si no hiciera nada por nuestra relación. Como si cada cosa bonita que planeaba para ella en mis días libres, o salir con sus amigas vacías y sus novios igualmente imbéciles, no fuera lo que ella quería. Pero, por supuesto, yo era el que estaba siendo irrazonable.

— Esto no está funcionando para mí en más de un aspecto. Tal vez necesitemos tomarnos un tiempo. No quiero obligarte a que me quieras. Si las cosas no funcionan, podemos ponernos en contacto dentro de unos meses y ver si vale la pena reavivar esto.

Parecía que estaba hablando en círculos. Ella quería que fuera más espontáneo, pero solo porque yo quisiera, y luego quería mantenerme en la cuerda floja si las cosas no salían como ella quería con otros chicos.

— Quizás tengas razón. Me voy a ir. Supongo que... nos vemos luego.

Sus ojos destellaron con algo que se parecía mucho al pánico, pero si no me quiere aquí, me voy. Antes de que me vuelva a meter en esto, porque cada vez que discutíamos así, el problema siempre era yo. Claramente la había decepcionado según ella, por algo que en el gran esquema de las cosas parecía bastante superficial.

Ella respiró hondo y ocultó su expresión. — No te enojes, cariño. Lo estoy haciendo por nosotros.

Viv avanzó lentamente, besando justo debajo de la comisura de mi boca. Donde alguna vez sentí una chispa cuando me tocaba, ahora se sentía plano. En el pasado, me habría dado la vuelta y la habría besado, pero necesitaba salir de aquí y despejar mi mente. Ella intentó abrazarme cuando me fui, pero mis brazos colgaban flácidamente a los lados.

— Esto no es un adiós. Esto es solo nosotros evaluando lo que realmente queremos en la vida y decidiendo si lo que tenemos vale la pena para volver a ello. Sabes que esto es lo mejor para nosotros, ¿verdad, cariño? — preguntó, acariciando la piel de mi mejilla y levantando una ceja. Había visto esa mirada muchas veces cuando ella intentaba hacer que alguien hiciera algo que no quería. — Te buscaré en la fiesta si me guardas un baile.

Parecía que tenía un montón de introspección que hacer antes de esta fiesta. Podía intentar demostrarle que estaba equivocada y planear algo para recuperarla, o podría emborracharme mucho y desmayarme en mi oficina después de pasar toda la noche con Reid.

De cualquier manera, estaba jodido.

Capítulo Cuatro

Hudson

— No QUIERO DECIR que te lo dije, pero te lo dije, amigo.

Mirando fijamente a mi mejor amigo mientras limpiaba los vasos alineados en la barra, lamenté haberle confiado lo que había pasado con Viv en su casa.

— Cállate la boca, imbécil.

— Eh, tú eres el que me lo confesó. No pedí que me metieras en tu drama de relaciones.

— No te impidió dar tu opinión.

— ¿Y qué te dije, maldita sea? Te dije que no te conformaras con una niña de papá que no te aprecia.

Sus palabras dolieron, pero una parte de mí sentía que el futuro que había imaginado se desmoronaba justo debajo de mí.

— Mierda. Hombre, no me gusta esa expresión en tu cara. ¿Qué estás pensando? — Reid me conocía desde hacía casi veinte años, así que sabía cuándo me proponía lograr algo.

Tomando aire, decidí que no iba a dejar que los últimos cuatro años se fueran por el desagüe sin luchar — Lo que debería haber hecho hace un tiempo.

— ¿Dejarla y correr? — Él se rió. Sabía que él estaba tratando de encontrar humor en la situación, pero yo estaba en pánico.

— No, idiota. Voy a ser el tipo con el que ella volverá a salir — Tenía que haber una manera de mantenerla interesada. Sabía que había dejado que el bar se apoderara de mi vida, pero no me había dado cuenta de que era tan grave. Tal vez su intento de terminar las cosas fue la llamada de atención que necesitaba. Tenía treinta años, no estaba muerto, así que necesitaba vivir mi vida fuera de las cuatro paredes en las que me había encerrado desde que asumí el control.

— Joder — suspiró, dándome la mirada que todos parecían darme última-mente, de decepción — No hagas eso, hombre. Siempre dicen que quieren al chico malo, pero ninguna mujer mayor de veinticuatro realmente quiere terminar con el chico malo. Quieren follarse al chico malo hasta que se les pase la euforia.

— ¿Es por eso que tú...

— No me metas en esto otra vez. Viv te jodió hasta que tuviste que madurar. Ella quería la moto y los tatuajes, de nada, por cierto — Él sonrió con suficiencia mientras examinaba las mangas en ambos de mis brazos. Había pasado incontables horas diseñando y tatuando los elaborados patrones en mi piel. Puse los ojos en blanco, pero su sonrisa solo se ensanchó — No quería al chico bueno con el gran corazón y la gran polla.

— Está bien, lo entiendo. Pero tengo que intentarlo, o siempre lo lamentaré — Dejar que nuestra relación terminara así no se sentía bien. Viv saliendo de mi vida en este momento se sintió como un puñetazo en el estómago. — Tal vez me he convertido en este tipo complaciente que solo se enfoca en el bar. Estábamos enamorados, y ahora no reconozco a ninguno de los dos.

— ¿Y si te arrepientes porque haces lo que sea que crees que necesitas hacer?

— Solo hay una manera de averiguarlo.

REID ME DEJÓ LAMENTÁNDOME en mi oficina, contemplando hacia dónde iba desde aquí. Solo había dos opciones:

Cortar por lo sano y enfocarme en las cosas de mi vida que podía controlar para poder entrar en mi próxima relación en un lugar más saludable.

Reevaluar lo que quería y priorizar a Viv de la manera en que ella quería para que pudiéramos reparar las cosas y seguir adelante desde aquí.

Ambas opciones sonaban desalentadoras, pero de cualquier manera, quería una pareja con quien compartir mi vida. Alguien que me entendiera y estuviera dispuesto a hacer compromisos y apoyarnos mutuamente. Eso significaba que yo también necesitaba ser una pareja comprensiva.

La tentación de subirme a mi moto y simplemente correr sonaba atractiva, pero tenía una montaña de papeleo por hacer y detalles por completar para que estuviéramos listos para la fiesta en unos días.

El vibrar de mi teléfono junto a mi portátil interrumpió mis pensamientos caóticos, y suspiré al ver a mamá desplazándose por la pantalla.

— Hola — Mi voz sonaba tensa, y sabía que ella lo notaría, pero estaba demasiado cansada para preocuparme.

— ¿Necesito enviar a papá abajo? — preguntó, entrando de inmediato en modo de resolución de problemas — Le dije que podrías necesitar ayuda para preparar todo para esta fiesta. Por eso nunca se molestó en hacer algo más que poner algunas decoraciones para las fiestas. No era un lugar de fiestas. Pero supongo que, dado que esos estudiantes universitarios parecen gustarles el ambiente de allí, tienes que adaptarte a los nuevos clientes.

Si la dejara, seguiría hablando, llenando ambos lados de la conversación ella misma.

— Creo que Haz y yo lo tenemos bajo control, mamá. Pero aprecio que ustedes estén dispuestos a intervenir si los necesitamos. Están invitados a pasar y ver el lugar antes de la fiesta si quieren asegurarse de que lo hicimos bien. Pero te prometo que lo tenemos bajo control.

Ella se ríe, sabiendo que la estaba molestando por su naturaleza perfeccionista. Le gustaba que las cosas se hicieran de una manera determinada, pero también sabía cuándo dejarnos a Hazel y a mí forjar nuestros propios caminos.

— Tu papá y yo estaremos aquí repartiendo dulces, pero sé que ustedes dos lo harán divertido. Tendrán que venir la próxima semana y contarnos todo antes de que nos vayamos de viaje. Podemos tener una cena familiar. Solo avísame qué les viene bien a ti y a Viv, y llamaré a Hazel. Tal vez podamos invitar a Charley y Reid también. Hagamos una cena de todo esto.

Mordiéndome el labio, contemplé no decirle nada sobre Viv. Podría seguir con mis excusas habituales y simplemente dejar que ella concentre su energía en Hazel y Charley.

— ¿Cómo está tu dulce novia? ¿Está emocionada de que la lleves a la fiesta en lugar de trabajar?

No estoy seguro de describirla como dulce, pero Viv dio un buen espectáculo frente a mis padres. Pensaban que de su trasero salían arcoíris. Como solía hacerlo. Ahora no estaba tan seguro de lo que pensaba.

— Creo que está deseando que llegue la fiesta — suspiré, cerrando los ojos — Pero no va conmigo.

La línea estuvo en silencio por un momento, pero mi madre no era una persona ingenua. Sabía leer entre líneas.

— ¿Terminaste con esa pobre chica? Te dije que necesitabas aprender de los errores de tu padre. Ese bar seguirá ahí al final del día, pero no puede hablar contigo ni hacerte sentir amado.

Escuchar la preocupación en su voz solo confirmó que tal vez yo era la causa de todo esto. Había tomado decisiones egoístas y mi relación había sufrido.

— Ya no está recibiendo lo que necesita de mí — ¿No era eso lo que me había dicho?

— Oh, Hudson — Odiaba que sonara decepcionada conmigo — ¿Necesito tener la misma conversación contigo que tuve con tu padre?

— Probablemente — murmuré. Todavía estaban juntos después de treinta y cinco años, así que claramente habían hecho algo bien.

— Tienes que averiguar qué quieres de la vida más allá de las cuatro paredes de ese edificio. Había una razón por la que el abuelo se había divorciado y la abuela vivía al otro lado del país. Tener un bar puede ser estresante, y si lo permites, te dominará la vida.

Claramente, ya lo había hecho.

— Pero si tienes un socio que te mantenga con los pies en la tierra, alguien que te frene cuando te adentras demasiado, entonces puedes vivir la vida que deseas. Has hecho un buen trabajo llevando el negocio a donde necesitaba estar cuando tu padre se jubiló. Estaba cansado. Y aunque sé que me usó como excusa, quería viajar más y pasar tiempo en el garaje construyendo cosas.

— Sabía sobre la separación — confesé, recordando lo difíciles que eran las cosas entre ellos antes de que me fuera a la universidad.

— No sabías todo, Hudson. Tu papá fue quien se mudó. Tenía miedo de que su estilo de vida no fuera justo para mí porque, con mi horario opuesto al suyo, nunca nos veíamos. Me dijo que quería vender el bar, y traté de persuadirlo, sabiendo que amaba ese lugar y quería pasártelo a ti.

Siempre había pensado que era al revés.

— ¿Y cómo cambiaste las cosas? Pensé que ustedes dos iban a divorciarse.

— Un gran gesto — dijo simplemente, con una sonrisa en su voz — Una noche aparecí en el bar, me uní a él detrás de la barra y le dije que iba a cambiarme a otro turno. Si lo que le preocupaba era que nuestros horarios se cruzaran, yo resolví el problema. Ustedes dos eran lo suficientemente grandes para irse solos a la escuela y no me necesitaban después, así que empecé a trabajar turnos nocturnos unos días a la semana para que ambos pudiéramos estar en casa durante el día.

— No sé... No estaba seguro de que esa solución funcionara para Viv y para mí, pero tal vez podría contratar a otro camarero y hacer más de mi trabajo durante el día mientras ella estaba en el trabajo. Si hiciera más esfuerzo para dejar que otros se involucren y ayuden en el bar en lugar de hacerlo todo yo mismo, tal vez eso aliviaría un poco el estrés.

— Solo piénsalo. Empieza por algo pequeño. Quizás hacer un pequeño gesto ayude a que las cosas avancen.

— Tal vez... En este punto, no me haría daño hacer algunos cambios y ver a dónde llevan las cosas.

— Tengo fe en ti, y tú también necesitas tener un poco en ti mismo. Solo salta, y si están destinados a resolver las cosas, ella te atrapará. Todo saldrá como se supone que debe ser.

Capítulo
Cinco

Hudson

VIV HABÍA DICHO QUE quería un gran gesto. Ella dijo que quería a alguien emocionante y aventurero que la ayudara a hacer realidad sus fantasías. Hace unos años, yo era su fantasía. Podría hacer esto. Lo haría.

Incluso si no estaba seguro de si podía hacer esto.

— Joder, Huds. Para. Me estás poniendo nervioso. Todo estará bien. Prometo que tenemos todos los detalles para la fiesta en su lugar. La gente se divertirá. Te divertirás por una vez. Te dije que teníamos todo bajo control. Charley estará en el turno las primeras dos horas antes de que Gianna tome su lugar, y yo puedo quedarme más tiempo si me necesitan. Pero no te necesitamos.

Exhalando un suspiro, apoyé las palmas en el borde de la barra, agarrando la superficie hasta que mis nudillos se pusieron blancos. Sabía que Hazel solo estaba tratando de tranquilizarme, pero no sabía por qué me estaba alterando en ese momento. Si lo supiera, probablemente me estaría diciendo que soy un idiota, como lo había hecho Reid.

Hazel y mi novia—o lo que fuera que era ahora—nunca se habían llevado bien, a pesar de estar un poco más cerca en edad. No estaba seguro si era el fuerte desagrado de Viv por su mejor amiga, o si Hazel simplemente no la soportaba. Viv había intentado tanto incluir a Hazel en nuestras cosas cuando comenzamos a salir, incluso tratando de presentarle a ciegas a algunos de sus amigos, pero su relación nunca había florecido más allá de tenerme en común.

— Has tomado noches libres antes — dijo Hazel en voz baja, colocando su mano entre mis omóplatos y frotando hasta que la tensión se desvaneció. Tenía razón. Había tomado noches libres antes y las cosas en el bar habían estado bien. Tenía un equipo que sabía cómo manejar a la multitud y solo porque hubiera una fiesta no significaba que no pudieran manejarla.

— Lo sé. Sé que ustedes pueden con esto. Confío en ustedes, pero esta noche es diferente. Si las cosas se descontrolan, no sé si podré arreglar esto.

Hazel se apoyó en el lado de la barra, inclinándose hasta que miré su cara —¿El bar está en problemas o algo así? Me lo habrías dicho si algo estuviera mal, ¿verdad? Sé que eres el encargado, pero papá quería que fuéramos socios.

— Sí — suspiré, dejando caer la cabeza hacia adelante — El bar está bien. Solo tengo otras cosas en mente en este momento — Como tener las pelotas de llevar a cabo mis planes para más tarde. Habían estado escondidos en el bolso de Viv tanto tiempo. No estaba seguro de si todavía sabía cómo usarlos.

— ¿Estás bien? — preguntó, y suspiré fuertemente, cerrando los ojos — No estás enfermo ni nada, ¿verdad? Sé que has estado estresado últimamente, pero si está pasando algo más, podemos conseguirte cobertura detrás de la barra.

Joder. Ahora mi hermana pequeña estaba convencida de que me estaba muriendo.

No, Haz, solo estoy siendo un dramático porque mi novia más o menos me dejó, y tengo una oportunidad para que me tome en serio. Y si la cago, no estoy seguro de qué voy a hacer.

— Estoy bien.

— ¿Es... — Dudó, apretando mi hombro con su mano. — ¿Está pasando algo entre tú y Viv? Normalmente está pegada a ti cuando estás aquí de vacaciones, y hoy no la he visto. En realidad, no la he visto en unos días. Ella viene, ¿verdad?

— No tengo ni puta idea.

Me había dado la impresión de que iba a venir esta noche, a pesar de que las cosas estaban tensas entre nosotros. Pero no me había enviado un mensaje desde que dejé su apartamento, y tenía demasiado miedo de escribirle antes de decidirme a seguir adelante con esto.

— No sé. Las cosas están... — Ni siquiera estaba seguro de cómo explicarle lo que pasaba en mi cabeza — ...complicado. Ella estará aquí, pero no estoy seguro si viene por mí.

— ¿Terminasteis?

Sí. No. No tenía ni puta idea.

— Más o menos. Supongo. Las cosas están un poco tensas en este momento. Pero tengo un plan para demostrarle que puedo cambiar y ser lo que ella quiere.

Hazel me empujó por el hombro, agarró mi mandíbula y giró mi rostro hacia ella. Mi hermana era una cosita pequeña, pero tenía un fuego bajo su comportamiento tímido. — ¿Qué hizo ella?

— Ella no hizo...

Me empujó el hombro, y vi cómo la preocupación en su rostro se transformaba en algo un poco desquiciado. Charley puede asustarme, pero una

Hazel enfadada era bastante aterradora. — ¿Está intentando que vendas el bar otra vez? Le dije que nunca sucedería y...

— Espera, ¿qué? — Detuve su gruñido con una mano en su hombro — ¿Cuándo dijo algo sobre vender el bar?

— Hace unos meses, las escuché a ella y a una de sus pequeñas secuaces hablando sobre ustedes dos comprando una casa juntos una vez que vendieran el bar. Charley se le echó encima por intentar manipularte para que vendieras, pero yo le dije que el bar nunca iba a estar en venta. Ella intentó retractarse diciéndome que había malinterpretado lo que había dicho, pero escuché todo lo que Viv le dijo a su amiga. Estaba tan absorta en su conversación que no se dio cuenta de que yo había estado allí todo el tiempo.

Esta era la primera vez que oía hablar de ello, pero tal vez Hazel simplemente había malinterpretado lo que había escuchado. Habíamos estado hablando sobre conseguir una casa juntos, pero no podíamos ponernos de acuerdo en lo que queríamos y ninguno de los dos estaba dispuesto a comprometerse en ese momento.

— No estoy vendiendo, así que por favor no te preocupes por eso — Este lugar era tanto mi sueño como lo había sido para mi padre y su padre antes que él.

— Lo sé. Me lo habrías dicho a mí primero. Y sé que nunca le harías eso a papá.

Había sido un punto de contención cuando me gradué de la escuela secundaria que él quería asegurarse de que realmente quisiera el bar, no solo porque me sintiera obligado. Una vez que obtuve mi título en gestión de restaurantes unos años después, se jubiló al cabo de un año, sabiendo que su legado estaba a salvo.

— Pero deja de cambiar de tema. ¿Qué está pasando? ¿Necesito avisarle al portero que no la deje entrar? Si te lastimó, me aseguraré de que nunca ponga un pie en este lugar de nuevo.

Riendo, di un paso atrás y agarré un trapo de bar, distrayéndome al limpiar manchas de agua inexistentes en los grifos — No, en realidad, necesito que el portero me avise cuando ella llegue. Estoy trabajando en una sorpresa para ella, y necesito un poco de tiempo para preparar las cosas.

Ella giró la cabeza, arrugando la nariz. — No le estás proponiendo matrimonio, ¿verdad?

Un rotundo, No, joder, estuvo a punto de salir de mi boca antes de que me detuviera de decirlo en voz alta. ¿Por qué? No estaba seguro. Pero no tenía tiempo para preguntarme por qué demonios esa fue mi reacción instintiva.

Solo porque no estaba listo para pedirle que se casara conmigo ahora, no significaba que no lo estuviera una vez que las cosas se repararan entre nosotros. Pero necesitaba lograr esto primero.

— Hoy no — respondí distraídamente. Los ojos de Hazel se entrecerraron, pero la puerta trasera abriéndose detuvo lo que iba a decir. Sus ojos se abrieron de par en par, y por un momento temí que Viv hubiera llegado temprano y arruinara lo que había planeado. Pero la voz de Reid hizo que mi hermana saliera corriendo por el otro lado de la barra antes de que pudiera siquiera darme la vuelta.

— ¿Listo para esta noche, cara de culo? Va a ser épico.

Cuando me di la vuelta, vi qué había hecho que mi hermana huyera — Joder, ponte una maldita camisa, idiota.

— ¿Qué? ¿Por qué? — preguntó, colocando su casco de motocicleta en el borde de la barra — Ya tengo mi disfraz.

— Servimos comida aquí. Nadie quiere ver tus pezones mientras están comiendo. Cúbrete esa mierda — Reid llevaba un par de pantalones de cuero con un cinturón de tachuelas cromadas, sus botas de combate negras... Y eso era todo. Sabía que me lo había advertido, pero no pensé que empezaría la noche mostrando sus pezones perforados. Pensé que se quitaría la camisa una vez que estuviera borracho, pero para entonces ya me habría ido, así que no sería mi problema.

— Te dije lo que llevaría puesto. Charley no parecía tener un problema con eso cuando pasé cerca de ella por detrás. ¿Por qué estás siendo tan santurrón?

— ¿No viste lo disgustada que estaba Hazel? Prácticamente salió corriendo en cuanto te vio.

— Si no te has dado cuenta, tu hermana se escapa cada vez que me ve, así que no es solo cuando tengo los pezones al aire — Él pensaba que estaba siendo encantador, pero yo fui quien tuvo que pagar por su terapia—tanto física como psicológica—después de su accidente causado por su incapacidad para mantener su polla en sus pantalones.

— Bueno, tal vez si no la hubieras marcado de por vida con tus payasadas de chico malo, entonces mi hermana no odiaría a mi mejor amigo.

— ¿De verdad me acabas de llamar un chico de una noche? ¿Qué somos, chicas de dieciocho años? Pensé que serías la última persona en avergonzarme por mi vida sexual, pero lo siento por tener una vida sexual activa de la que claramente estás celoso. Saca la cabeza del culo, amigo. Esta es la oportunidad para que te encuentres de nuevo. No lo desperdicies.

¿Era eso lo que estaba haciendo? ¿Había estado esforzándome demasiado por aferrarme a una mujer que no me quería en lugar de encontrar lo que realmente quería de la vida?

— ¿Viste lo que llevaba puesto Charley? — preguntó, bajando la voz mientras se unía a mí detrás de la barra.— ¿En serio vas a ser tan pervertido? Es la mejor amiga de Hazel. Ni siquiera son...

— Tiene veinticinco años, Hudson. Charley ya no es una niña. Tampoco lo es Hazel, para el caso — Mis ojos se abrieron de par en par cuando noté que su mirada se centraba en mi hermana pequeña al otro lado de la habitación.

— ¿Me estás jodiendo? Deja de mirar a mi hermana pequeña así — Sus ojos se detuvieron en Hazel y Charley de pie junto a la puerta de la cocina. Todavía no podía distinguir qué llevaba puesto Charley porque mi hermana me bloqueaba la vista de lo que llevaba puesto su mejor amiga.

— ¿Como qué? Solo estaba mirando al otro lado de la habitación — dijo, sonriendo con burla hacia mí. Él sabía lo protector que era con Hazel. Y no me gustó la forma en que su rostro se suavizaba mientras la miraba.

— No te atrevas a pensarlo. Es demasiado joven para ti.

— Seis años es apenas una diferencia de edad — se rió, y luego levantó las palmas en señal de súplica cuando lo miré con furia. — Solo estoy diciendo ¿Cómo son los cuatro años entre tú y Viv diferentes de los seis entre Hazel y yo?

— Vamos a dejar esto claro de una vez, no hay un Hazel y tú. Y no conocía a Viv cuando estaba en la escuela secundaria. Charley es como una... — Aunque era hermosa y deseaba tener la mitad de su confianza, nunca me permití pensar en Charley como algo más que la mejor amiga de Hazel.

— Sé que no eres tan ciego. Charley es una maldita bomba sexy, y lo sabes. Te he visto mirándola desde detrás de la barra. Te sientes atraído por ella.

¿Lo estaba? Sé que a veces me encontraba observándola a través del abarrotado bar, pero solo me aseguraba de que ella se encargara del lugar. Era una fuerza a tener en cuenta, pero aún así era más pequeña que la mitad de los hombres que frecuentaban el bar. Ver cómo intentaban ligar con ella hizo que mis instintos protectores se encendieran.

— La atracción no tiene que ser llevada a la acción. A pesar de tu historial — le bromeé, pero él solo puso los ojos en blanco.

— Sabes que tengo razón. Abre los ojos, hombre. Hay muchas mujeres que estarían encantadas de ocupar el lugar de Viv y no te tratarían como un accesorio.

— ¿Qué significa eso? Charley no está interesada en mí. Entonces, ¿por qué estamos hablando de ella?

Se apoyó en la barra, bloqueando mi línea de visión hacia las dos chicas... Mujeres, al otro lado de la sala. — Mantén los ojos abiertos a nuevas posibilidades. Sé que con Viv estabas cómodo y tú pensabas que la amabas. Pero si ella te está alejando porque no está obteniendo lo que necesita de la relación, tal vez debas dejarla ir.

— Sí la amo — respondí débilmente, continuando a mirar por encima de su hombro a la rubia que estaba junto a mi hermana.

¿Lo hago, no?

— ¿Por qué no vas a cambiarte? — Hazel me quitó el rollo de papel negro de las manos. Había estado colgando serpentinas en todas las puertas como decoración. Charley y Hazel habían estado ocupadas decorando las mesas y las paredes. Había estado tratando de concentrarme en el plan en mi cabeza y no en mirarlas. — A menos que vayas a usar eso.

— ¿Qué tiene de malo esto? — Pregunté, mirando hacia abajo la camiseta negra de manga larga con una calavera que brilla en la oscuridad que me había puesto esta tarde antes de ir al bar. Era lo que había llevado cada Halloween durante los últimos años.

— Es una fiesta de disfraces. ¿Conseguiste un disfraz, verdad?

Había una mochila en mi escritorio con el disfraz que había planeado ponerme antes de que comenzara la fiesta. Mientras que una parte de mí pensaba que sería una buena idea disfrazarme del villano de cómic que Viv quería que fuera, cambié de opinión cuando pasé por la tienda de disfraces cerca del campus. Afortunadamente, tenían lo que necesitaba para llevar a cabo mi plan para esta noche.

Sabiendo que Hazel no aprobaría mis planes para recuperar a mi ex, simplemente me encogí de hombros. — Estaba pensando que tal vez cubriría la barra si nos ponemos ocupados más tarde. No necesito un disfraz para servir tragos.

— No te atrevas a pensarlo. Has estado haciendo turnos extra para tener la noche libre. Diviértete. Charley y yo estamos a cargo del primer turno, y luego nos cambiaremos a nuestros disfraces. Tienes que salir de detrás de esa barra a veces.

— Puedo ayudar tanto en el salón como en el bar si ustedes solo quieren cambiarse ahora y tomarse la noche libre. Hemos manejado noches ocupadas con menos personal antes.

Mi hermana me agarró con fuerza por los hombros y me empujó hacia la oficina trasera, gruñendo — Te quiero, pero consíguete una maldita vida.

Quería regañar a mi hermana por maldecir, como lo había hecho durante una década, pero tal vez ella tenía razón.

REID HABÍA REGRESADO A su tienda un rato antes de que tuviera que volver para la fiesta, así que me colé en la oficina, sacando el papeleo de nómina que necesitaba tener listo para la próxima semana. Si esta noche salía como esperaba, estaría ocupado los próximos días.

— Hola, Hud — cantó una voz desde la puerta, y levanté la vista, luchando contra el impulso de mirar el atuendo que supuestamente llevaba Charley. Sus diminutos pantalones cortos de mezclilla ajustados mostraban sus muslos tonificados, y la camiseta que llevaba apenas contenía el sujetador visible por encima del escote.

— Deja de llamarme Hud — gruñí, volviendo mi atención a los archivos en mi portátil. Los comentarios de Reid tenían que estar afectándome, porque no podía estarme excitando por la mejor amiga de mi hermana mostrando un poco de escote, pero lo estaba. Lo estaba.

— ¿Quieres que te llame hijo en su lugar? ¿Te gusta un poco de juego de mamá, grandullón? — me provocó, inclinándose sobre el respaldo de la silla frente a mi escritorio. Mis dedos se movieron sobre el teclado mientras obtenía una vista aún mejor de su escote. Si se inclinaba un poco hacia adelante, podría apenas distinguir el contorno de su pezón...

No, idiota. Deja de ser un pervertido.

— Te odio — gruñí, negándome a mirarla.

— No, no lo haces. Me adoras — maldita sea. Tenía razón, sí, pero esos sentimientos que antes eran platónicos se estaban difuminando.

— Deja de maldecir, Char.

— Acabo de cumplir veinticinco, Hud. Puedo decir la palabra joder. Escucha, te voy a contar un secreto — dijo, rodeando la silla y apoyando las manos planas en mi escritorio mientras se inclinaba y bajaba la voz a un susurro. — Yo también puedo hacerlo.

No pienses en ella follando. O desnuda. O cómo me gustaría empujar los papeles de mi escritorio y acostarla sobre él para quitarle esos diminutos pantalones cortos y enterrar mi cara en...

— ¿No tienes un trabajo que hacer? — Realmente necesitaba que me dejara en paz porque no podía permitirme ninguna distracción. Tenía que ser los nervios los que me hacían tener esos pensamientos inapropiados sobre la mujer equivocada. Recuperar a Viv era mi objetivo ahora mismo, no fantasear con la amiga de mi hermana.

— Sí — Ella aún no se había movido, su escote a la altura de los ojos, pero me negué a mirar a ningún otro lugar que no fuera la pantalla.

— Entonces ve y hazlo — *Por favor, vete.*

— Sí, señor, jefe — Su tono burlón me hizo mirar hacia arriba, justo a tiempo para ver su saludo atrevido, sus pechos rebotando mientras movía el brazo.

— Mi nombre es Hudson — *Y yo era un idiota.*

— Sí, lo sé. Hasta luego, guapo.

Mi cuerpo suspiró aliviado cuando ella salió por la puerta de mi oficina, sus caderas balanceándose mientras se iba. Inclinándome hacia adelante para apoyar los codos en el escritorio, enterré mi rostro en mis manos, repasando el plan en mi cabeza una vez más. Esta noche tenía que funcionar.

Capítulo
Seis

Charley

— SOLO QUEDAN VEINTE minutos — suspiró Hazel, apoyándose en la pared junto a la ventana de exhibición de la cocina donde yo había estado tratando de recuperar el aliento. Las cosas habían estado locas desde que abrimos, los porteros tuvieron que rechazar a la gente una vez que alcanzamos la capacidad máxima.

— Hace demasiado calor aquí — gemí, apartando los cabellos sueltos de mi coleta detrás de mis orejas. Gracias a Dios por el champú en seco, porque definitivamente necesitaría un retoque después de cambiarme de disfraz. No es que fuera muy diferente de lo que llevaba puesto. Solo ponerme una camiseta, recogerme el pelo en dos coletas y rociar las puntas de turquesa, ponerme las botas hasta las rodillas, la máscara y estaré lista.

Por muy loco que estuviera esta noche, necesitaba desahogarme y dejar de obsesionarme con Hudson. Había estado de mal humor los últimos días, desde que Vivienne terminó las cosas entre ellos. Reid dijo que estaban en un descanso o algo así, pero eso rara vez significaba que la gente volviera a estar junta.

Hudson había estado muy reservado sobre todo el asunto. La única razón por la que lo sabía era porque su mejor amigo era terrible guardando secretos. Y entendía completamente cómo se sentía Hudson. Tenía derecho a estar molesto por la idea de que una relación de cuatro años terminara. Pero él merecía algo mucho mejor.

No es que eso significara que lo fuera a perseguir ni nada por el estilo, pero los viejos sentimientos que había reprimido una vez que las cosas se pusieron serias con ella estaban resurgiendo. Incluso cuando estaba de mal humor y no podía tomar una broma, aún quería estar cerca de él. Solo deseaba que me viera como algo más que la mejor amiga de Hazel.

— ¡Pedido listo! — gritó el cocinero a través de la ventana. Hazel y yo hicimos contacto visual, ambas girando para agarrar los platos de comida grasienta del mostrador. Solo quedaban veinte minutos más y podría encontrar a algún

38

chico joven y lindo para llevarlo arriba y deshacerme de cualquier pensamiento sobre Hudson. Era algo natural para mí ahora, mi mecanismo de defensa para lidiar con esos sentimientos confusos que no debería tener. Hudson era la fruta prohibida por excelencia, y estaba deseando darle un mordisco.

Para cuando volví al apartamento a cambiarme, más de una hora tarde de lo que había esperado, estaba medio tentada a caerme de cara sobre el colchón y mandar a la mierda la fiesta. Todavía tenía un trabajo que terminar de escribir, y si mañana estaba de resaca, no tendría ninguna motivación para terminarlo en mi día libre.

La única razón por la que siquiera quería ir era porque habían pasado semanas desde que me dejé desahogar adecuadamente. O hacer cualquier otra cosa, para el caso. Y tenía la sensación de que los juguetes en mi cajón de la mesita de noche no me calmarían por mucho más tiempo.

Despojándome de mi ropa sudada, me dirigí al baño. Un baño rápido era lo que necesitaba. Olía a comida frita grasienta, y aunque estaba segura de que a algunos chicos les gustaba eso, a mí no. Después de enjabonarme las tetas, mis partes y las axilas, apoyé la frente en los azulejos fríos y traté de relajarme.

Equilibrar mis clases de posgrado en hospitalidad y turismo junto con mi trabajo en el bar había sido una locura últimamente, y estaba lista para terminar. Afortunadamente, solo me quedaba el próximo semestre para graduarme. Una vez que tuviera ese título en mano, la transición a un trabajo de adulta sería infinitamente más fácil, pero la idea de lo que venía después aún me daba más ansiedad de la que debería.

Continuamente intentaba convencerme de que era porque Hazel me necesitaba, y que tendría ansiedad por separación de mi mejor amiga. Pero dejar atrás el enamoramiento infantil que había tenido por Hudson durante más de una década—ahora que casi estaba soltero de nuevo—iba a ser un desafío por sí mismo. Mi único enfoque debería ser mi trabajo con mis tíos después de graduarme en el pueblo vecino, incluso si eso me alejaba de Sage Springs. No fantasear con montar la polla que había estado imaginando en mi cabeza desde que llegué a la pubertad.

Dejar mi hogar no era algo que quisiera hacer, pero tampoco quería pasar el resto de mi vida controlando a chicos universitarios indisciplinados. Hudson no había dudado en darme un trabajo para que pudiera cubrir mis gastos. Luego nos ofreció a Hazel y a mí vivir encima del bar y nos cobró casi nada de alquiler. Sabía que el bar era su vida, pero yo estaba lista para algo diferente.

— ¿Estás lista para irte ya? — Hazel gritó desde el pasillo, y solté un suspiro pesado antes de enjuagarme.

Cerrando el agua de la ducha, grité mi respuesta, fingiendo que estaba emocionada por ir a la fiesta y no secretamente temiendo tener que fingir que era tan divertida como todos pensaban que era — Cinco minutos, perra, y ya nos vamos.

Al abrir el cajón de mi cómoda, maldije al darme cuenta de que no tenía ropa interior limpia. Mi cesta de ropa sucia había estado desbordándose durante más de una semana porque no tenía tiempo para llevarla a la lavandería al otro lado de la ciudad. Y de ninguna manera iba a ir a casa de Hudson a hacerlo como lo hacía Hazel.

— ¿Porqué estás tardando tanto? — Hazel preguntó, apareciendo en mi puerta vestida con su disfraz de ángel. Era lo suficientemente adorable como para serlo con su cabello castaño rojizo y sus grandes ojos azules. Pero definitivamente no se veía angelical con la falda que mostraba la mayor parte de sus muslos.

Hudson me iba a matar si pensaba que tenía algo que ver con su disfraz, pero ella había elegido este por su cuenta. Estaba tan orgullosa. Mi amiga tímida y reservada de antes finalmente estaba abrazando su sensualidad con los brazos abiertos. Y si el destello en sus ojos era alguna indicación, ella también quería hacerlo con las piernas abiertas.

— Todo lo que tengo limpio es esto — Apretando un par de los pantalones grandes de chico que usé durante mi período entre mis dedos, me estremecí.

— Ugh. ¿Quieres uno mío? — Aunque apreciaba la oferta, tenía un poco más de trasero que mi pequeña mejor amiga, así que solo estaría cambiando ropa interior de talla grande por una de talla pequeña, y no de la manera linda y provocativa. Sería en la forma de cortarme la circulación y dejarme moretones. Me gustaba ganarme mis marcas de una manera mucho más pervertida.

— Nah, me las arreglaré — Mirando dónde había lanzado mis pantalones cortos de mezclilla en la cama, evalué si eran lo suficientemente ajustados como para que no hubiera riesgo de exposición indecente en la pista de baile de abajo.

— Eres una perra — se rió mientras me ponía los pantalones cortos, sin ropa interior, asegurándome de que no hubiera ninguna posibilidad de que mostraran algo que me metiera en problemas.

— No es como si fuera a bajar en ropa interior como algunas personas — bromeé, lanzando una mirada significativa al body de encaje casi transparente que Hazel llevaba debajo de su minifalda.

— Tendremos que evitar a Hudson. Se volverá loco si me ve así.

Hudson siempre había sido sobreprotector con Hazel, especialmente porque ella siempre había sido demasiado confiada. En la secundaria y la universidad, yo había sido la imprudente mientras ella era la chica bien portada. Había intentado sacarla de su caparazón en el último año más o menos, pero él seguía tratándola como si fuera una virgen de dieciséis años. Y aunque ella nunca lo había confirmado porque no le gustaba besar y contar, sospechaba que su tarjeta de la V aún no había sido sellada.

— Que se aguante. Te ves increíble, y puedo garantizarte que estás más cubierta que algunas de las chicas de abajo — Ya habíamos visto a varias esta noche que se salían de sus ajustados disfraces.

— ¿Viste con la que Reid estaba bailando antes de que subieras aquí?

— No puedo decir que estuviera pendiente de él, pero estoy segura de que tú sí.

Se sonrojó y se metió un rizo suelto detrás de la oreja antes de apartar la mirada. Hazel había estado enamorada de Reid durante años, pero lo había evitado desde el incidente en el que lo sorprendió teniendo sexo con una chica en el almacén de abajo. Pero eso no significaba que no lo siguiera observando desde lejos. Su enamoramiento era claramente más obvio que el mío por su hermano. Para todos menos para Reid.

— Una vez que nos pongamos las máscaras, no podrán saber quiénes somos.

Eso es lo que esperaba. Esta noche, quería anonimato. No quería ser la mejor amiga de Hazel, y más importante aún, no quería ser Charley, la camarera que no se deja pisotear. Mi reputación por echar a los tipos manoseadores del bar tuvo exactamente el efecto opuesto al que quería esta noche. Quería encontrar a alguien que me pusiera las manos encima. No amenazar con dislocarle los dedos si "accidentalmente" me rozaba el culo mientras le dejaba las bebidas en la mesa. No se trataba de que me tocaran. Se trataba de consentimiento. Y un chico acariciando cada centímetro de tu cuerpo con consentimiento era sexy. Las agarradas de culo al azar y borracho no lo eran.

— Ya que tú estás lista para irte, ¿por qué no bajas? Yo bajaré tan pronto como me arregle el cabello y deje el registro de propinas en la caja fuerte.

— Sabes que él se va a tomar los próximos días libres, así que eso puede esperar hasta mañana.

— Lo sé — suspiré. Aunque en circunstancias normales Hudson era meticuloso con su contabilidad, estaba programado para estar fuera hasta el lunes. Se había ganado un descanso con todas las horas extra que había estado trabajando. Y sabía que normalmente se retiraba cuando estaba estresado, pero estaba preocupada por él. — Lo necesita después de esta semana.

Aunque no hablara con él la mayoría de los días, solo saber que estaba en el mismo edificio era reconfortante.

— Te lo juro por Dios, si ella está ahí abajo cuando bajemos, no puedo ser responsable de derramarle accidentalmente algo encima. Preferiblemente algo asqueroso que manche. Estoy segura de que los cocineros me ayudarían a encontrar algo.

— Me encanta tu lado mezquino — reí, echándola de mi habitación con un gesto de la mano. — Intenta contener tu venganza hasta que yo esté allí para ayudar.

Pero si por mi fuera, ella recibiría más que un disfraz manchado. Si dependiera de mí, nunca volvería a poner un pie en este edificio.

— Deséame suerte. — Giró en círculo, su falda corta girando alrededor de su cintura. — Estoy de humor para arruinarme el lápiz labial con un caliente chico universitario.

— Lo mismo. — Pero no estaba imaginando ser besada por un chico de la universidad. Estaba fantaseando con finalmente ser besada por el único chico que no podía tener.

Capítulo
Siete

Hudson

SOLO PÓNTELO. PÓNTELO Y respira hondo. Tú puedes con esto. Esto es lo que ella quiere. La perseguirás, la llevarás de vuelta a tu casa y le recordarás lo bien que pueden estar juntos.

¿Y luego qué? ¿Una noche calurosa y ella estaría de acuerdo en resolver las cosas? Ponerse esta máscara no sería un simple parche, y mientras la miraba asomándose por la parte superior de mi mochila, una sensación de inquietud me invadió.

— ¿Qué sigues haciendo aquí?

Me sobresalté al escuchar la voz que venía de la puerta de la oficina.

— Pensé que estabas ahí tratando de ligar con mujeres que buscan chicos malos. — Reid todavía no se había puesto una camisa. En cambio, estaba apoyado casualmente contra el marco de la puerta con su casco bajo el brazo, y de repente deseé tener la mitad de la actitud que él tenía.

A juzgar por la música alta y las voces que venían del otro lado del edificio, la fiesta había comenzado a todo ritmo mientras yo me escondía en mi oficina. No había tenido la intención de retrasar mi entrada al caos, pero como ningún portero había venido a decirme que Viv estaba aquí, había aprovechado el tiempo para ponerme al día con el papeleo. Había pasado tanto tiempo desde que había tenido que pensar en intentar captar el interés de una mujer que había olvidado cómo hacerlo. Y estaba teniendo una pequeña crisis de ansiedad.

— Lo cual deberías estar haciendo tú también. — se rió. — Pero parece que estás aquí teniendo una crisis existencial vestido de negro, como si fueras a robar el lugar, en lugar de estar ahí fuera siendo encantador para que finalmente puedas ligar con alguien que no quiera cambiarte.

Ahora que las cosas estaban inestables entre Viv y yo, no había dudado en hacerme conocer su opinión sobre ella. En el fondo, sabía cuánto la despreciaba, principalmente porque no parecía respetar mis decisiones, pero él no la conocía como yo.

44

Era inteligente y apasionada, y cuando nos conocimos, ella había sido imprudente y sedienta de aventura como yo lo había sido una vez.

— ¿Qué se supone que eres exactamente? ¿Una nube negra?

Sentía como si uno estuviera flotando sobre mí en este momento. — No, este no es el disfraz completo. — dije, señalando el resto.

— Ah, veo que te tomaste en serio mis comentarios sobre los hombres enmascarados. Tal vez también estés buscando un poco de acción con una chica que le gusten los chicos malos esta noche. Solo espero que no persigas a la equivocada.

Yo también lo esperaba.

— Solo déjame poner este depósito en la caja fuerte y te buscaré.

— Más te vale. Porque, por aterrador que sea, me estoy tomando la responsabilidad de ser la voz de la razón esta noche. Creo que necesitas un compañero de ligue más que yo.

Puede que tenga razón, pero...

— ¿Oye, él está ahí dentro? — Una voz familiar preguntó desde el pasillo. Mi corazón comenzó a latir más rápido, una gota de sudor se formó en la nuca.

— Sí, se está preparando, pero puedo darle eso si quieres.

— Gracias. — respondió Charley, y vi cómo le entregaba un montón de recibos y su parte de la propina. Estaba mayormente oculta por el marco de la puerta, y una parte de mí quería acercarse para poder ver qué había decidido ponerse para la fiesta, pero ella no era la mujer en la que debería estar enfocándome en este momento.

El año pasado había sido un diablillo sexy, y recordaba obligarme a mantener los ojos alejados de ella toda la noche, porque pensar en lo atractiva que se veía definitivamente no era respetar mi relación con Viv, ni su lugar como amiga de Hazel.

— Haz buenas elecciones allá afuera. — bromeó, acariciando el dorso de su mano con el pulgar. — No dejes que alguien te engatuse y te convenza de quitarte esos pantalones cortos.

— Parece que me estás confundiendo con otra persona. — se rió, empujando con la yema de su dedo en su pecho. — Ambos sabemos que yo seré la que engatusaré a algún desprevenido estudiante de universidad para que se quite el disfraz al final de la noche.

— Ven a buscarme si necesitas que espante a algún raro. — Su mano cubrió la parte trasera de la suya donde descansaba sobre su piel, y una irracional punzada de celos recorrió mi columna vertebral.

— Me las arreglo muy bien sola, pero hay un ángel allá afuera que podría necesitar tus servicios.

Sus ojos se movieron de la mujer oculta en el pasillo hacia mí, levantando las cejas. No estaba seguro de a quién se refería, pero un mensaje de texto proveniente de mi bolsillo me distrajo.

Mikey: *Viv está aquí. Busca las trenzas teñidas y las botas rosas.*

Reid frunció el ceño y sacudió la cabeza, como si supiera exactamente lo que decía el mensaje en la pantalla de mi teléfono. — Ve a divertirte, Char. Creo que voy a tener las manos llenas arrastrando a Hudson fuera de esta oficina y obligándolo a reaprender lo que es divertirse.

— Buena suerte con eso. — se rió, y cerré los ojos mientras intentaba calmar mis nervios.

— Eres tú quien tiene el control de lo que suceda esta noche. — Cruzó la habitación, metiendo las propinas de Charley en mi mano, y doblando ligeramente las rodillas hasta que lo miré a los ojos. — Así que no lo estropees. Solo porque algo sea cómodo no significa que sea correcto. No tienes nada que demostrarle a nadie más que a ti mismo.

— Gracias por la charla motivacional. — dije sarcásticamente, y él entrecerró los ojos mientras señalaba al otro lado de la habitación.

— Ponte la máscara y ve a buscar a alguien que merezca esa parte de ti. — Se dio la vuelta, atravesando mi puerta abierta sin mirar atrás. Sabía que estaba tratando de ser solidario, pero ni siquiera estaba segura de lo que merecía en este momento.

¿Acaso no había sido un novio de mierda?

¿No tenía algo que demostrarle a Viv?

No estaba seguro de cuál era la respuesta correcta, pero crucé la habitación y saqué la máscara de la bolsa, pasando mi pulgar por la forma negra alargada que se suponía que era una boca.

No la cagues, idiota. Murmuré para mí mismo y me la puse por la cabeza, metiendo la tela en el cuello abierto de mi sudadera con manos temblorosas.

Era hora de dejar de jugar a lo seguro.

Capítulo
Ocho

Charley

PARA CUANDO ENTREGUÉ MIS propinas, el edificio parecía un manicomio. Había gente desbordando por el pasillo lateral donde estaban los baños, ya medio borrachos y listos para causar problemas. Y estaba a punto de unirme a ellos.

Debería haberla visto venir desde lejos, pero las uñas de alguien me cortaron el antebrazo, me giré en su dirección, lista para olvidar que técnicamente estaba fuera de horario y echarla del bar.

— ¿Qué demonios se supone que eres? — gritó, avanzando y acorralándome contra la pared.

Sabía que había la posibilidad de verla esta noche, pero no había pensado que realmente se presentaría. Reid me había dado tantos detalles como Hudson le había confesado, pero una cosa estaba clara. Viv dejó a Hudson, pero le dio la típica línea de "quiero que sigamos siendo amigos" para mantenerlo enganchado.

Sus ojos se veían extraños, con su rostro cubierto de pintura blanca, grandes diamantes adornando sus mejillas con pintura metálica. Claramente no había recibido el aviso de que esta era una fiesta de disfraces con máscaras, pero no la habría reconocido de inmediato si no fuera por sus penetrantes ojos azules. Eran helados como su alma, y una de las pocas cosas que me impedían parecerme demasiado a ella.

— ¿Por qué te importa lo que soy? — Pregunté, observando el resto de su disfraz demasiado pegado.

Llevaba una chaqueta de cuero roja, una camiseta blanca ajustada salpicada de sangre falsa y unos pantalones cortos diminutos y brillantes que parecían más un bikini con un cinturón de cuero en la parte superior. Las medias de rejilla rasgadas desaparecían en sus botas rosa intenso, y un collar de perro con pinchos completaba el look.

— Porque ahora mismo pareces la versión de Wish de mi disfraz, y quiero saber por qué te vistes así, sabiendo que yo venía a la fiesta con Hudson como mi cita con un disfraz conjuntado.

48

— ¿Hudson planea usar unas bragas brillantes como las tuyas? — Me reí, disfrutando de cómo se curvaban sus labios. Era tan fácil hacerla enfurecer. Puede que asustara a Hazel, pero no me intimidó a mí. — ¿Estás segura de que tiene las piernas para usarlo?

— No, idiota. Viene disfrazado de Joker. Le dejé el disfraz en su casa más temprano y le envié un mensaje para que se encontrara conmigo aquí. Pero no he sabido de él en todo el día. Debiste haber visto su disfraz y decidiste inventar esto para intentar parecer que venías a la fiesta con él.

Aunque la idea de hacer algo para joderla era tentadora, había estado planeando este disfraz desde hace un tiempo. Dado que el personaje incomprendido de Harley era un alma gemela, quería honrar esa parte de mí. Pero no quería parecer un payaso de verdad para hacerlo. A diferencia de algunas personas. Y la idea de llevar un bate todo la noche era atractiva.

— Hasta donde yo sé, no ha estado en casa las últimas noches.

Ella gruñó, y mis ojos se abrieron de par en par mientras ella empujaba su mano en el medio de mi pecho. — ¿Y dónde demonios ha estado?

— ¿Por qué te importa tanto? Pensé que habías terminado con él. ¿No deberías estar en la fiesta del pueblo en el bar de martinis tratando de atrapar a un sugar daddy?

— Aléjate de él, maldita sea. — siseó, pinchándome con sus uñas postizas en cada palabra.

No entendía por qué pensaba que yo era una amenaza para ella. Hudson me conocía el doble de tiempo que a ella, y él la había elegido. Él claramente todavía me veía como la mejor amiga de su hermana pequeña, y yo lo había aceptado. Tal vez tener un poco de distancia me ayudaría a resolver mi enamoramiento.

— Ve a casa, Viv. Nadie te quiere aquí. Creo que ya has dejado claro que puedes mezclarte con la gente común, pero ambos sabemos que solo eres una perra vacía.

— ¿Perdón?

Levantando el bate rosa brillante que formaba parte de mi disfraz, la empujé hacia atrás con mi rodilla y lo golpeé contra mi palma. Ya había terminado de dejar que me intimidara, en su intento de conseguir la primicia sobre Hudson. Ella había perdido ese privilegio. Ya no estaban juntos, y no dejaba que nadie me hablara así.

— Ve a casa, Viv. No estoy segura de cómo eso es un concepto difícil de entender.

— ¿O qué? — chilló, clavando sus garras en mi hombro otra vez.

— O te voy a meter este bate por el... — Gruñí, pero un cuerpo se interpuso entre nosotros, empujando a Viv más hacia el pasillo mientras yo me aplastaba contra la pared.

Los tatuajes familiares en la espalda de Reid me calmaron brevemente, pero aún no estaba lista para dejar que se aprovechara de todos.

— Tranquila, Killer. — bromeó, mostrándome una sonrisa a través de la máscara abierta de su casco de motocicleta. — La sacaré de aquí. Ve a divertirte.

— Pero... — Quería ser yo quien la echara a patadas por la puerta.

— En serio, ve. Sabes que Hudson no querría que hicieras una escena.

— ¿Dónde está él? — Viv gritó, luchando contra la mano extendida de Reid mientras él intentaba bloquearla para que no se acercara a mí.

— Eso no es asunto tuyo. — gruñó, volviéndose hacia ella. Se giró hacia atrás, empujándome en dirección al bar, y la instó en la dirección opuesta. — Perdiste el derecho a saber eso.

Él la despreciaba casi tanto como yo, así que sabía que la haría irse o la calmaría lo suficiente como para que se comportara.

Balanceando el bate en mi mano, tomé una respiración profunda y me volví a centrar. No estaba aquí para lidiar con Viv. Tenía una misión propia para esta noche.

HABÍA ALGO EMOCIONANTE EN caminar por una habitación oscura llena de extraños mientras llevabas una máscara.

Cada persona en esta sala estaba interpretando un papel esta noche.

No había decidido cuál sería el mío aún.

La adrenalina por lo desconocido zumbaba en mis venas mientras escaneaba la habitación, observando a los otros asistentes anónimos de la fiesta asumir sus roles elegidos para la noche.

Las chicas de la hermandad, riendo y vestidas como criaturas del bosque sexys, se agolpaban alrededor de una mesa alta, revoloteando sus pestañas postizas hacia una mesa de jugadores de béisbol universitarios cercanos. Optaron por la táctica súper original y llevaron sus uniformes como disfraces.

La multitud más alternativa estaba vestida con varios disfraces macabros de brujas y espectros, destinados a alejar a la gente mientras ellos realizaban su propio tipo de danza de apareamiento.

Miré hacia el lado y vi a mi muy angelical mejor amiga—que no estaba actuando de manera muy angelical—coqueteando con un hombre vestido de diablo en una de las mesas que bordeaban la pista de baile. Mientras seguía escaneando la habitación, mis ojos se detuvieron en un hombre sin camiseta que llevaba un casco de motocicleta mientras la observaba desde encima de la cabeza de su conquista de la noche. Reid se había deshecho de Viv más rápido de lo que esperaba. Y claramente estaba planeando actuar como el protector de Haz por la noche.

Mi plan con Hazel había sido quedarnos juntas, pero cuando su mano cubrió la del hombre que estaba frente a ella, tuve la sensación de que sería un estorbo. Me había excusado tan pronto como dejé mi bate en la mesa, todavía decepcionada de que no me permitieran usarlo para borrar la mueca del rostro de Vivienne.

Mi disfraz estaba inspirado en quien me gustaba pensar que era mi alter ego. Era fuerte, sin preocupaciones, sexy e independiente. Incluso si estaba un poco desquiciada. Esta noche, quería funcionar fuera de las limitaciones que la vida me había impuesto.

Quería ser salvaje.

Quería ser sensual.

Quería olvidar a quien no podía tener y dejar que alguien más me hiciera sentir deseable. Insensata.

Quería que uno de esos hombres enmascarados me follara.

La pregunta era, ¿cuál?

Dejando que mis ojos vagar por las personas que me rodeaban, me dirigí hacia el centro de la multitud, mi cuerpo se calentaba a medida que los demás me tocaban cerca de la pista de baile, la música vibrando a través de mis extremidades.

Estirando mis manos por encima de mi cabeza, dejé que el ritmo fluyera a través de mí, moviendo mis caderas mientras las parejas giraban a mi alrededor. La energía sexual revoloteaba en el aire, fluyendo libremente mientras cerraba los ojos y dejaba que la sensación de anticipación se intensificara.

— No prestar atención a tu entorno cuando te ves tan tentadora es peligroso. — gruñó una voz baja cerca de mi oído mientras una mano grande trazaba la piel expuesta de mi costado y se asentaba en mi estómago, tirando hasta que mi espalda se acomodó contra un cuerpo cálido. Al inhalar, supe quién me estaba tocando, y recliné mi cabeza contra su fuerte pecho, acurrucando mi rostro contra su cuello.

— Tocar a una mujer sin su consentimiento cuando lleva botas con un tacón de tres pulgadas es peligroso — respondí, disfrutando de la forma en que sus dedos se flexionaban, hundiéndose en mi piel.

— Eres una criatura tan feroz. — Su voz era áspera, y si no hubiera pasado horas rodeada de él, habría tenido problemas para reconocerla. Pero conocía esa voz, y conocía ese aroma, y sabía que tenía que estar alucinando porque no había manera de que Hudson supiera que me estaba tocando.

— No tienes ni idea de lo que soy capaz.

A medida que la música cambiaba, un ritmo seductor recorría el bar, cargando el aire con tensión sexual. Hudson se acercó aún más, metiendo un muslo fuerte entre mis piernas, borrando cualquier espacio entre nosotros mientras comenzaba a moverse.

Cerrando los ojos de nuevo, levanté los brazos de nuevo, dejando que el ritmo de la canción me llevara. Sus manos fuertes se aferraron a mi cintura, anclándome a él mientras sus caderas seguían mis movimientos, balanceándose y frotándose hasta que me quedé sin aliento. Siempre sentí la atracción sexual oculta entre nosotros, pero nunca anticipé cómo se sentiría realmente tener sus manos sobre mí. Apretando mi estómago, recorriendo mi cuerpo, sus dedos entrelazándose con los míos antes de darme la vuelta para enfrentarme a él.

— Mírame.

Esa voz baja y rasposa sería mi perdición, mis párpados se abrieron con reluctancia para conectarse con el marrón profundo de los suyos, la penumbra de la habitación no hacía nada para ocultar el calor de su mirada.

Sus ojos se encontraron con los míos a través de las ominosas rendijas de su máscara, y un escalofrío recorrió mi espalda. Me miraba como si quisiera devorarme. Como cuando yo fantaseaba que me mirara así mientras yacía en mi cama arriba en mi piso, con las manos entre las piernas y los ojos bien cerrados.

— Maldita mente pecaminoso. — gruñó, inclinándose hacia adelante. Si no estuviera usando esa ridícula máscara, no tenía ninguna duda de que sus labios carnosos estarían recorriendo la piel de mi mandíbula. — Qué hace una chica tan jodidamente traviesa vestida así. Querías tentarme a hacer cosas malas, ¿verdad?

Sus manos agarraron mi trasero, empujándome hacia él, mi pulso se aceleró al sentir su polla dura a través de sus vaqueros. Nunca en mi vida había esperado que sería capaz de poner a Hudson Rivera así de duro, pero ahora lo anhelaba.

Quería sentirlo...

acaríciarlo...

lámerlo...

chúparlo...

atragántarme con eso...

frótarlo contra mi mejilla...

Pero más que nada, quería verlo. Ver la prueba física de que podría encontrarme tan atractiva como yo lo encontraba a él. Que él podría desearme una fracción de lo mucho que yo lo he deseado durante años. El anhelo que había estado apenas oculto durante todos estos años me invadió, manifestándose en esta necesidad primitiva de marcarlo.

Envolviendo mis brazos alrededor de su cintura, deslicé mis palmas por debajo de la parte trasera de su sudadera, hundiendo mis uñas en su carne caliente, deleitándome con el gemido que vibraba contra mi cuello.

Ten cuidado, no estoy seguro de que te guste lo que pasa cuando me provocas.

Pero sé que me gustará. Aunque esta interacción fue completamente inesperada, y tenía la sensación de que él pensaba que yo era otra persona, quería volverlo loco.

Rasguñando con las uñas que me había pintado de un brillante color rosa en el centro de su espalda, jadeé cuando sus dedos se hundieron en mis pantalones cortos, agarrándome casi dolorosamente, pero haciéndome sentir tanto placer, mientras gemía contra mi hombro. El plástico de su máscara me raspaba la mejilla, y no tenía idea de cómo no se estaba muriendo de calor dentro de su disfraz, pero ya me estaba haciendo una idea para quitárselo lo antes posible.

— Llévame a un lugar más tranquilo. — exigí, aplastando mis labios contra el material áspero de la capucha negra que mantenía la máscara en su lugar. — Por favor.

— ¿Desde cuándo estás a cargo? — se rió, aflojando su agarre y tomando mi mano. — Pero como lo pediste tan amablemente...

Tropecé con la gente cuando nos íbamos, le agarré la mano con fuerza mientras me guiaba a través de la multitud hacia el pasillo trasero. Era el lado opuesto del edificio desde donde Viv me había confrontado, y con suerte ya se había ido.

Este lado era el mismo pasillo trasero en el que había atrapado a parejas casi follando innumerables veces, molesta porque la gente no podía esperar a llegar a un lugar más privado. Pero ahora entendía su desesperación. Mientras pasábamos por la escalera trasera que conducía a mi piso, mis dedos se movieron nerviosamente mientras debatía si arrastrarlo a mi cama en lugar de seguir con los planes que tuviera para mí.

Pero no quería dudar de lo que estaba sucediendo. Porque esta podría ser la única vez que yo fuera a conseguir un poco de Hudson para mí. No quería liderar esta noche. Quería seguir. Quería que él me persiguiera. Quería sentir que era el centro de atención. La verdad es que no me podía resistir. Él había empezado esto, no yo, y saber que eso enfurecería a la perra que pensaba que aún tenía control sobre él solo añadía emoción.

De repente, se detuvo, arrastrándome hacia el rincón de la puerta cerrada de su oficina, y tomando mi otra mano, estirándolas por encima de mi cabeza y sujetando mis muñecas contra la pared con una sola mano.

— Linda camiseta, chica traviesa — dijo con voz rasposa, su mirada recorriendo las palabras estampadas en la tela. Opté por una camiseta de manga corta con mangas rosas y un par de pantalones cortos ajustados.

— La. pequeña. diabla. de mamá. — Las palabras eran bajas y prolongadas en esa voz más profunda que había adoptado, el tono hacía que se me erizara el vello de la nuca. — ¿No se suponía que tu camiseta decía 'La pequeña monstruo de papá?

Me encogí de hombros tanto como pude con los brazos inmovilizados sobre mi cabeza. La emoción de este juego de roles inesperado me hizo querer participar, y bajé la voz, tratando de sonar más seductora. — No tengo un papá para ser un monstruo. ¿Estás intentando intimidarme?

— Te gustaría eso. ¿Verdad? Tal vez yo sea el monstruo del que deberías cuidarte.

— No me asustas, Hu... — Mis palabras se cortaron con un suspiro cuando casi dije su nombre. — No eres así.

— Ya veremos.

El agarre en mis muñecas se apretó brevemente antes de que me soltara, retrocediendo. Pero antes de que pudiera moverme, sus palmas estaban sujetando mis caderas y girándome hacia el pasillo, su mano agarrando la parte posterior de mi cuello entre mis coletas que se movían. Llevándome a la puerta trasera que conducía al callejón donde guardaba su moto, Hudson se inclinó para abrirla.

La temperatura había bajado desde que llegué a casa después de mis clases esta tarde, el aire fresco de finales de otoño abrazaba la piel expuesta que mi diminuto disfraz no cubría. Me estremecí y sus dedos me apretaron, enviando una oleada de adrenalina por mi cuerpo. Pensaría que el frío es lo que hacia que mis pezones estuvieran duros, pero era la forma autoritaria en que me llevó al borde del estacionamiento, deteniéndose donde terminaba la carretera y se alzaban los oscuros bosques al borde del pueblo.

Se me escapó un suspiro, mi aliento condensándose en una niebla mientras flotaba hacia los árboles. Temblé mientras aflojaba el agarre en la parte posterior de mi cuello, su mano áspera avanzando para agarrar mi garganta.

— No tan rudo ahora, ¿verdad?

Sin el ruido caótico de la pista de baile para enmascararlo, el tono ominoso que nunca había escuchado de él hizo que se me pusieran los pelos de punta. Cualquiera que fuera el juego que estaba jugando, yo estaba completamente metida en él.

— Que te follen.

Su agarre se apretó, y con cualquier otra persona, habría estado nerviosa por ponerme en una posición vulnerable como esta, pero cuando un profundo zumbido, casi un gruñido, se formó en su garganta, supe que seguirle el juego era la decisión correcta.

— Mmm. Tal vez más tarde, si te portas bien. Ahora quiero que hagas algo por mí. ¿Estás escuchando?

— Mmmmh. — murmuré, la anticipación recorriéndome.

— Corre, pequeña diablita. Corre.

La voz que pronunciaba las palabras era familiar, pero el tono no lo era. La voz típicamente contenida de Hudson era fuerte y asertiva. No había ni una pizca de vacilación en su orden, y mis ojos se abrieron de par en par mientras se alejaba de mí, comenzando a contar.

— 10...9...8...

Capítulo Nueve

Hudson

— MEJOR VETE ANTES de que se te acabe el tiempo.

Ella dudó, sus dedos temblando mientras retrocedía, alejándome de su cuerpo tentador. No recordaba que se sintiera tan bien en mis brazos.

— 7... No te veo correr. Es como si ni siquiera quisieras jugar.

Esta fue su idea, y ahora que estaba teniendo su momento, estaba congelanda.

— 6... Esto no está siendo muy divertido. Pensé que querías un poco de emoción.

Eso pareció sacarla del trance en la que estaba, y vi cómo sus coletas con puntas turquesas se movían mientras se lanzaba hacia los árboles.

La sangre me zumbaba en los oídos mientras seguía contando lentamente, mi respiración casi opresiva contra el plástico de la máscara. Este disfraz era jodidamente caliente, pero no era tan insoportable con la temperatura más fresca aqui fuera.

Dentro, en la pista de baile abarrotada, rodeado de gente, me había sentido casi claustrofóbico, especialmente cuando me había rodeado con los brazos y me había rasguñado la espalda con las uñas. Nunca había hecho eso antes. Y la repentina punzada aguda de dolor que provocó me envió una descarga de emoción. Quería, no, necesitaba, que lo hiciera de nuevo.

Las hojas crujían bajo mis zapatos, un viento fresco aullaba a lo lejos mientras cruzaba el barranco donde un arroyo separaba el pueblo de la parcela de tierra que mi familia poseía en el borde de los límites de la ciudad.

Una sensación de inquietud me invadió al darme cuenta de que si no tenía cuidado y se desviaba del sendero más adelante, podría caer por un precipicio de diez metros hasta el agua poco profunda antes de que pudiera alcanzarla.

— Pensé que me estabas persiguiendo. — Su voz juguetona llevada por la brisa, y me giré hacia ella, dejando que la tensión se disipara y la adrenalina se activara.

— 5... — Grité, una emoción recorriéndome mientras un grito sonaba no muy lejos.

— 4...

— ¡Eres jodidamente lento! — se rió, y una parte de mí estaba feliz de que pareciera disfrutar de este juego. Había estado tan preocupado antes de que esta fuera una terrible idea. Que hiciera algo mal o dijera algo mal y la alejara para siempre.

— 3...

Una ramita se rompió detrás de un árbol a unos metros del sendero a mi derecha y me detuve, escuchando señales de ella.

Entrecerrando los ojos a través de los agujeros de mi máscara, vi un destello rosa desde la parte inferior de sus botas. La luz de la luna se reflejaba en la máscara blanca que le cubría la mitad de la cara. Parecía casi etérea, asomándose desde detrás de un gran árbol, chillando cuando me vio de pie más cerca de lo que claramente esperaba y cubriéndose la boca antes de desaparecer de nuevo.

— 2... Eres realmente terrible para esconderte de mí.

Ella se rió de nuevo, y seguí los ecos de su risa, saliéndome del sendero y buscando destellos de rosa mientras aceleraba el paso.

—1... Allá voy...

Una mano pequeña salió disparada de detrás de un árbol mientras pasaba, y me empujó contra el tronco, un gruñido escapándose de mi boca mientras me miraba hacia arriba.

— Aún no. — susurró, presionando su cuerpo contra el mío, aplastando su palma contra el frente de mis vaqueros. — Pero apuesto a que pronto te estarás viniendo.

La pequeña pícara me había dado la vuelta, y no me molestaba. Ella apretó su mano, una oleada de dolor recorrió mi cuerpo por lo fuerte que lo hacia, seguida inmediatamente por una liberación de endorfinas cuando una sensación se apoderó de mi cuerpo que nunca había sentido antes.

Hemos tenido sexo intenso a lo largo de los años, pero los preliminares nunca me habían dejado una necesidad tan intensa y primal de follarla.

— No te esforzaste mucho para escapar de mí. ¿No tenías miedo de que el extraño que te seguía en el bosque fuera a hacerte algo malo?

Sus ojos se fijaron en los míos, manteniéndome en su lugar mientras sus dedos jugueteaban con mi cinturón, desabrochándolo y bajando mi cremallera. Palpitaba contra la tela de mi bóxer, deseando que me tocara.

— Tal vez era yo quien quería hacerle algo malo a él.

No me había hablado de esta parte de la fantasía. Ni siquiera sabía que podía ser tan juguetonamente dominante. Siempre me dejaba tomar la delantera, ser el que persigue, el que iniciaba las cosas, el que estaba arriba. El que estaba en control.

— ¿Y qué quieres hacerle?

Ella sonrió con desdén, sus labios visibles en el borde de su máscara, y yo observé con atención mientras mordía el lado de su labio inferior, tirando brevemente de su labio carnoso antes de que sus dedos se deslizaran por dentro de mi boxer, envolviendo mi piel caliente.

— Está a punto de descubrirlo...

— Mmmhmm. — murmuré, apoyando la cabeza contra la áspera corteza del árbol. El grueso tejido de mi capucha negra me protegía de ello, pero una parte de mí quería sentir el mordisco contra mi cuero cabelludo mientras ella me tocaba. Abrazar el dolor mezclado con el placer que traía con su toque.

— Pero primero tendrás que atraparme.

Sus dedos tiraron bruscamente una vez más antes de que lanzara un pequeño beso al aire con desdén y se diera la vuelta. Ella salió corriendo por el área boscosa que nos rodeaba con una sorprendente velocidad para alguien que llevaba tacones tan altos.

Decidiendo redoblar mis esfuerzos en su pequeño juego, subí cuidadosamente la cremallera de mis vaqueros y rodeé el gran árbol detrás del cual había desaparecido, escuchando los sonidos de movimiento a lo lejos.

Intenté mantener mis pasos silenciosos, con el corazón latiendo con fuerza mientras seguía sus movimientos, escuchando cómo zigzagueaba entre los árboles, tratando de anticipar su próximo movimiento. Ella tenía razón. La emoción de la caza era divertida. Y ahora podía ver el atractivo de cambiar las cosas de vez en cuando.

Cuanto más tardaba en atraparla, más corría la adrenalina por mis venas, acumulándose para cuando finalmente la atrapara. La parte siniestra de mí quería castigarla por provocarme. Por envolverme con su pequeña y suave mano y hacerme esperar para follarla.

Quería empujarla de rodillas y violar su boca, deleitándome con los sonidos de arcada que sabía que haría al tragarse mi polla.

Deteniéndome, esperé detrás de un árbol cercano, escuchando el susurro de las hojas acercándose cada vez más. Ella sonaba sin aliento mientras se deslizaba por un claro a unos pocos pies de distancia, y apreté los puños a los lados para no delatar mi posición.

Desde mi posición fija, su cuerpo apareció a la vista. La luna llena parecía tan cerca, la iluminación proyectando un ominoso resplandor plateado a través del espacio entre nosotros y revelando su proximidad mientras se deslizaba entre los árboles y arbustos. La forma en que se movía era hipnotizante. Cómo sus piernas tonificadas se flexionaban mientras planeaba cuidadosamente sus pasos. La forma en que su ajustada camiseta corta se movía cada vez que tomaba una respiración laboriosa. La piel sonrojada en su cuello.

No estaba seguro si era por el frío o la emoción, pero estaba a punto de hacerlo más rojo cuando envolví mi mano alrededor de su delicada garganta.

Ella quería la fantasía, y yo estaba decidido a llevar esto a cabo. Tratar de ser lo que ella necesitaba.

Deliberadamente manteniendo mis pasos en silencio, la seguí de cerca, menteniéndome oculto en las sombras. Era embriagador saber lo que tenía planeado para ella una vez que la atrapara. Puede que me haya tentado y luego saliera corriendo, pero teníamos mucho tiempo para que yo tomara la delantera.

Se detuvo, apoyando sus manos en un gran tronco de árbol, y miró cuidadosamente a los lados para buscar señales de mí.

A solo un paso de distancia, una rama crujió bajo mi pie, y la vi estremecerse, su cuerpo preparándose para huir. Pero yo fui más rápido, mi mano se disparó y se envolvió alrededor de su garganta.

— No tan rápido, pequeña diablita. Creo que tenemos algunos asuntos pendientes. — Ella se estremeció ante el tono bajo y amenazante de mi voz. Y me pregunté si su corazón latía tan rápido como el mío. — ¿Qué? ¿Te has quedado sin respuestas sarcásticas ahora? Pensé que disfrutabas poniendo a prueba mi paciencia.

Mis dedos se apretaron mientras aplastaba mi pecho contra su espalda, instándola a avanzar hasta que estuvo a un suspiro de ser empujada contra la áspera corteza frente a su cara. Aunque estaba increíblemente excitado y al borde de perder el control, nunca le haria daño.

— Yo... — chilló mientras le tiraba de la cabeza bruscamente hacia atrás, inclinándome para poder susurrarle directamente al oído. El plástico de la máscara presionaba contra el vello de mi barbilla, haciendo un sonido crujiente mientras acercaba mis labios lo más posible a su piel.

— Demasiado tarde ahora. Tengo algo más que hacer con esos labios.

Su cuerpo temblaba mientras la mantenía cautiva, y esperaba no estar asustándola, pero ya estaba demasiado excitado para preocuparme por eso en este momento.

— De rodillas.

Aflojando mi agarre en su cuello, moví mi mano hacia su hombro, apretando firmemente mientras la instaba a acercarse al matorral cubierto de musgo junto al árbol.

Debería haberme quitado la sudadera y haberla puesto en el suelo para proteger sus rodillas, pero el diablillo en mi hombro quería ver las raspaduras en ellas más tarde. Quería que el recuerdo de este momento se manifestara en su piel como una marca.

— Hu... — jadeó mientras usaba mi mano para girarla, forzándola a arrodillarse a mis pies y avanzando hasta que la parte trasera de su cabeza se presionó contra el tronco del árbol. Sus coletas rubias y su máscara blanca brillante resplandecían a la luz de la luna que se filtraba a través de los arboles, y casi habría parecido angelical si no fuera por la forma en que se mordía el labio.

— Querías jugar con esto antes. Ahora es tu oportunidad. Saca. Mi. Polla. — Mi demanda terminó en un gruñido áspero, observando cómo la expresión que podía ver detrás de su máscara se convertía en una de excitación.

Habían pasado años desde que no la veia con tantas ganas de chupar mi polla, lamiendo sus labios como si fuera su comida favorita, y no iba a desperdiciar esta oportunidad.

Agarrando una de sus largas coletas con mi puño, tiré de ella hacia adelante, presionando su nariz contra el frente de mis vaqueros, mi polla latiendo detrás de la tela.

— Me hiciste ponerme así de duro. Ahora encárgate de ello, joder.

Sus dedos temblaban mientras bajaba mi cremallera, mi cinturón sonando al tirar del material hacia abajo. Sus uñas rasguñaron mis muslos mientras deslizaba sus dedos debajo de la cinturilla de mi bóxer y los bajaba, mi polla balanceándose frente a su cara.

— Abre — insté, usando su trenza como palanca y gemí mientras obedecía, sus labios separándose y la cabeza de mi polla deslizándose entre ellos. — Joder...

— Mmm. — murmuró mientras giraba su lengua alrededor de mi piel. Ella arrastró sus uñas por mis muslos, hundiéndolas en mi piel mientras se movía hacia adelante, provocando que saliera un gemido de dolor de mi garganta cuando sus dientes recorrían mi longitud.

— Sé. Jodidamente. Amable. — Gruñí, girando la muñeca para enrollar su coleta alrededor de mi palma, usándola como palanca para tirarla hacia atrás hasta que mi polla estuviera justo fuera del alcance de sus labios.

— No. — susurró ella. — Este polla no merece que sea amable. No quiere que yo sea amable. Y tú tampoco lo quieres.

— Joder. — gruñí mientras se metia mi polla entera, atragantándose mientras me embestía contra el fondo de su garganta.

Lo intenté...

Maldita sea, intenté no embestir y arriesgarme a lastimarla, pero cuando sus uñas se clavaron más, no pude contenerme.

— Oh, ¿Ahora quieres jugar a esos juegos? — Gemí, empujando hacia adelante en movimientos rápidos, observando cómo la luz de la luna resaltaba la saliva que goteaba por su barbilla. Apenas podía ver sus ojos llenándose de lágrimas detrás de su máscara mientras se ahogaba y gemía a mi alrededor.

Típicamente, me emocionaba cuando una mujer quería hacerme una mamada, así que estaba respetuosamente agradecido en lugar de ser un animal salvaje, pero la forma en que ella forzaba su cabeza hacia adelante cada vez que intentaba tirarla hacia atrás para que pudiera respirar me hacía perseguir rápidamente lo que sabía que sería la corrida de todas las corridas.

No ayudaba que cuando cerraba los ojos, rompiendo su intensa mirada, imaginara el sonido sucio que sabía que haría si se atragantaba con mi semen.

Mi polla pulsaba contra su lengua, y apreté los dientes para contenerme, tratando de prolongar esta intensa sensación de éxtasis mezclada con la agonía por la brutal manera en que le estaba follando la cara.

El sonido de sus respiraciones ásperas escapando por su nariz, mezclado con los ruidos húmedos, babosos y de arcadas que las acompañaban, me llevó al límite y me lancé hacia adelante, arqueando el cuello hacia atrás y un gemido de placer resonando entre los árboles mientras llenaba su sucia boquita.

Tan pronto como cesaron los espásmos, solté su cabello, flexionando mi mano y observando cómo intentaba recuperar el aliento una vez que mi polla se deslizó de sus brillantes labios rojos. Labios que quería besar, labios que quería follar de nuevo y luego observar con atención mientras el semen goteaba entre ellos.

Una vez que su respiración se había calmado, le agarré la barbilla, usando mi pulgar para esparcir la humedad de su barbilla sobre su labio inferior.

— Voy a follar esto otra vez. — prometí. — Pero eso puede esperar. Es tu turno.

La emoción brilló en sus ojos, su lengua salió para deslizarse sobre la yema de mi pulgar, provocando otro gemido de placer de mi garganta. Mi polla flácida se contrajo, y tenía la sensación de que la forma en que se veía de rodillas, los labios brillando con mi semen mientras su pecho se agitaba por el esfuerzo de no ahogarse con mi polla, reduciría drásticamente mi período de recuperación, pero me aparté a regañadientes y me la metí de nuevo en mi bóxer.

Ella miraba con ojos hambrientos mientras me subía la cremallera de los vaqueros y abrochaba mi cinturón, usando mis dedos para indicarle que se levantara desde donde todavía estaba arrodillada. Continuando con las órdenes no verbales, repetí el gesto, asintiendo cuando se puso de pie, con las hojas aún pegadas a sus rodillas y girando mi dedo para indicar que debía girarse y enfrentar el árbol detrás de ella.

Sus hombros temblaron mientras me acercaba lentamente a ella, con mi rostro en su cuello rozando mi pecho en su espalda. — Quizás quieras agarrarte.

Riendo mientras sus manos se extendían alrededor del tronco, sus uñas de un rosa intenso eran un marcado contraste con la corteza oscura debajo de sus dedos.

— Mmmm. — susurré, trazando el dorso de mi mano contra la suave piel de su abdomen mientras alcanzaba el botón de sus diminutos pantalones cortos. Desabrochándolo con un toque de mis dedos, intenté que mi voz no sonara tan amenazante. — Estás temblando. ¿Es por emoción, o tienes frío?

Ella dudó, pero mientras veía cómo su aliento se disipaba en el aire frío frente a ella, tuve mi respuesta.

— Quieta. — ordené, retrocediendo lo suficiente como para desabrocharme la sudadera, dejándola caer mientras observaba sus dedos flexionarse ansiosamente contra el tronco del árbol. Acercándome a ella de nuevo, tomé una de sus manos, deslizando el material suave alrededor de ella, colocando su palma de vuelta contra la corteza y repitiendo el movimiento en el otro lado. — Ahora abre las piernas.

Ella cambió su postura, empujando su trasero contra mí mientras envolvía mis manos alrededor de sus caderas. — No te contengas cuando te corras, porque quiero oírte gritar como una loca.

Capítulo
Diez

Charley

MI HISTORIA SEXUAL NO era exactamente vainilla, me adentraba en el lado más pervertido de la vida cuando salía con algún hombre dominante de vez en cuando. Había sido emocionante consentir en ceder el control, así que ver este lado de Hudson me hacía sentir casi salvaje.

Él claramente estaba tomando las riendas de las cosas, dejándome burlarme de él solo brevemente antes de retomar la posición dominante. No tenía idea de que él era así. Si lo hubiera sabido, mi determinación de reprimir mi atracción hacia él se habría desmoronado hace mucho tiempo. La última vez que estuvo soltero, yo todavía estaba en la secundaria.

— Te gustó tener mi polla en tu boca, ¿verdad? — El plástico de su máscara raspó mi cuello, y me estremecí contra él, abrumada por su cuerpo mucho más grande.

Su sudadera estaba caliente, las mangas largas ahora protegiendo mis palmas de la áspera corteza del árbol, pero no me protegía de la piel rugosa de sus yemas raspando mi estómago.

Su palma se movía al ritmo de mis movimientos, más gemidos escapaban de mi boca. Parecía alimentarse de los sonidos que hacía, moviendo sus caderas contra mí desde atrás.

— Estos ruidos me están volviendo loco. Nunca te había escuchado tan desesperada antes. ¿Estás lista para correrte?

— Sí. — jadeé, recostándome contra él mientras desabrochaba mis pantalones cortos con una mano, bajando lentamente la cremallera.

Su mano desapareció bajo el material, y se detuvo mientras sus dedos trazaban mi piel. — Estás jodidamente desnuda. — gruñó, sus yemas ásperas se deslizaron sin esfuerzo contra mi carne húmeda. Mi coño palpitaba contra él, ya tan sobreestimulado que no necesitaría mucho para hacerme estallar. — Sabías que esto me volvería loco, ¿verdad?

No lo hice. Ya que obviamente no tenía forma de anticipar los eventos de esta noche. Aunque, él pudo haber sido un pensamiento fugaz mientras yacía con los ojos bien cerrados, tratando de imaginar mi lugar feliz mientras mi depiladora hacía su magia.

Mi cuerpo vibraba mientras sus dedos jugaban con el único pelo diminuto cuidadosamente recortado que quedaba. — Nunca te has depilado para mí. Quiero sentirte así todo el tiempo. Una vez que te lleve a donde vamos más tarde, voy a enterrar mi cara en este suave coño y nunca voy a salir, ni a tomar aire.

— Oh Dios. — gemí, tratando de mantenerme en personaje mientras sus dedos bajaban, trazando la piel desnuda entre mis muslos antes de empujar lentamente hacia adentro, sin detenerse hasta llegar al lugar que me hacía retorcer y gemir en sus brazos. —Joder. Ahí mismo. No pares.

— No lo pienses. Déjate llevar — dijo con voz rasposa, girando y retorciendo sus yemas de los dedos mientras me acariciaba con su mano. Sus movimientos eran casi desesperados, jadeos ásperos resonando a través de la máscara que aún llevaba y acariciando la piel de mi cuello. — Quiero hacerte sentir tan bien como tú me hiciste sentir a mí.

— Se siente tan bien. — murmuré, cerrando los ojos con fuerza mientras sentía el orgasmo inminente apoderándose de mí.

— Mierda. Ojalá pudiera verte mejor. Esta maldita máscara me impide besarte como quiero. Quiero sentir tu piel contra mis dientes. Morder tu garganta. Morder tus pezones firmes hasta que estén rojos. Mirar tu cara mientras devoro este coño húmedo.

— Oh, mierda. Me voy a correr. — gemí, y él me tiró hacia atrás bruscamente, metiendo sus dedos profundamente y curvándolos hasta que vi estrellas, mis piernas casi cediendo con la fuerza del clímax que recorrió mi cuerpo.

— Eso es, cariño. Fóllame la mano, más profundo.

Retorciéndome contra él, moví las caderas, completamente en éxtasis, pero él no iba a dejar que me alejara. Y no quería que lo hiciera.

— Respira. Solo respira. ¿Puedes sentir otro orgasmo formándose? No creo que haya terminado contigo aún. — me incitó, riendo mientras intentaba liberarme de su agarre. El movimiento de sus dedos era sobreestimulante, pero estaba tan mojada que ya había empapado su mano. — Puedo sentirlo. Puedo sentir que estás desesperada por correrte otra vez. ¿Debería dejar que lo hagas?

— Sí. joder. — Me interrumpí con un jadeo mientras me arqueaba hacia adelante, mi mejilla raspándose contra la corteza del árbol mientras me corria violentamente, todo mi cuerpo temblando.

— Sí, joder. — gruñó, ralentizando sus movimientos y sacando lentamente sus dedos mojados de mis pantalones cortos, deslizándolos bajo el dobladillo de mi ajustado top corto. — Y la próxima vez que vengas a por mí; voy a tener mi boca por todo tu cuerpo. Apuesto a que te gustaría que te follara. ¿Verdad que sí?

Asentí, jadeando mientras todavía veía las estrellas. Hudson me había hecho llegar al orgasmo más rápido y más intensamente que cualquier otro chico con el que hubiera estado. Y ni siquiera habíamos tenido sexo todavía. ¿Me iba a desmayar cuando él me follara? La idea era completamente atractiva.

— ¿No te gustaria? — gruñó, sus dedos hurgando debajo del encaje de mi sujetador y pellizcando mi pezón con fuerza.

— Sí.

— Y apuesto a que te gustaría si no pudiera controlarme. Si fuera tan bueno que no pudiera contenerme y me corriera sobre tí. Estoy deseando ver esta piel pálida salpicada con mi semen. Te verías tan pervertida y bonita y con tantas ganas de que te folle.

No tenía idea de dónde sacaba esas cosas, porque su boca era absolutamente sucia. ¿Cómo podría ella alguna vez alejarse de él cuando era capaz de algo así?

Mierda.

Mi corazón se aceleró cuando un pensamiento fugaz se apoderó de mí.

¿Qué pasaría si él pensara que está con ella ahora mismo? ¿Qué pasaría si Hudson pensara que soy Viv?

Una parte de mí estaba un poco disgustada con la idea de que alguna vez pudiera ser confundida con ella. Pero estaba oscuro dentro del bar esta noche. Y en un día normal nos parecíamos muchisimo. Casi la misma altura, el mismo color de cabello, aunque yo empecé a teñirme el mío de todos los colores del arcoíris cuando él empezó a salir con ella. La única diferencia real era que mis ojos eran avellana y los de ella eran de un azul casi translúcido.

Reid me había comentado más de una vez que era un poco extraño que nos viéramos casi idénticas pero fuéramos polos opuestos. Siempre había pensado que esa era la razón por la que Hudson nunca se interesaría en mí.

Mi personalidad no era lo que él buscaba. No era su tipo. Tal vez todavía no lo era.

— ¿Estás bien? — susurró, acariciando con su pulgar el borde de mi pecho, haciéndome estremecerme contra él.

— Estoy bien. — susurré. Pero no estaba bien.

¿Debería detener esto? ¿Debería quitarme esta máscara y darme la vuelta? Ver si aún quería llevar esto más lejos sabiendo con certeza que era yo.

— No, no lo estás. — murmuró, acariciando mi mejilla. — Tienes frío. ¿Quieres que pare?

Negué con la cabeza, apoyándome contra él, sollozando. — Sigue.

Asintió, abrazándome más fuerte antes de que su voz volviera a su personaje.

— Qué chica tan jodidamente buena. Corriéndote sobre mí. Creo que disfrutaste eso. Dejar que un extraño te folle tu dulce coño con su mano después de que le chupaste la polla. Eres tan deliciosamente traviesa. Dime lo traviesa que eres... — Sacó su mano de mi camisa, envolviendo sus dedos alrededor de mi cuello. No me estaba cortando el aire, pero me gustaba la presión posesiva de sus dedos contra mi mandíbula. — Ahora.

— Estoy... — gemí mientras él presionaba sus caderas contra mí, ya duro de nuevo. Me quedé sin aliento, cerrando los ojos mientras me recostaba en su fuerte abrazo. — Cachonda...

Gruñendo, sus brazos se apretaron casi dolorosamente a mi alrededor, mi mandíbula doliéndome mientras me agarraba. — Sí, lo eres jodidamente. Tan cachonda. Pero ahora que te he probado, no pienso dejarte ir.

Antes de que pudiera reaccionar, Hudson me soltó, retrocediendo ligeramente antes de agarrar mis muñecas y llevarlas frente a mi cintura. — Quédate quieta y trataré de no hacerte daño.

El fuerte sonido del cierre de una brida me sobresaltó, y él soltó una profunda risa que me erizó los pelos de la nuca.

— Como lo veo, tienes dos opciones. Vienes conmigo amablemente y eres mi ángelita. — Su voz era baja y firme, casi burlona al decir las palabras. — O te doy una ventaja para ver si puedes escaparte de mí. Pero si te atrapo, serás mi pequeña diablita cachonda esta noche. Y tal vez incluso más tiempo que eso.

Ya sabía cuál iba a elegir. Aunque ser una princesa era la personalidad de su ex tóxica, seguro que no era la mía. La adrenalina inundó mi sistema de nuevo, y la sensación de los orgasmos que él me había dado con sus largos y talentosos dedos ya se me había pasado, ahora estaba alerta y preparada para seguir jugando.

— Entonces, ¿cuál es, eres una diablita o una ángelita? Porque tu elección determinará qué más te haré una vez que esté a solas contigo. — Y no podía esperar más. Si esto era solo un adelanto de lo que el resto de la noche tenía reservado, estaba ansiosa por ir a algún lugar más privado. No es que la idea de que me follara de verdad contra la áspera corteza de un árbol no tuviera su atractivo, pero quería verlo todo de él. Y quería que él viera todo de mí.

— ¿Cuál quieres? — Pregunté, mi voz disfrazada más fuerte de lo que pensé que sería.

— Estoy bien con cualquiera. De cualquier manera, el final va a ser el mismo. Te follo ese coño y te hago venir hasta que no puedas más, fuerte y rápido hasta llenarte de mi semen.

Ni siquiera dudé en responder después de saber lo que me queria hacer — Diablita...

— Eso es, nena. Entonces, por el resto de la noche, cuanto más pelees, más serás castigada.

Y yo estaba completamente a favor del castigo.

— Y voy a disfrutar castigándote.

Yo también. Porque él no sabía que me encantaba que me dieran nalgadas. Pero pronto lo sabría.

Capítulo
Once

Charley

LA EXCITACIÓN RECORRÍA MI cuerpo mientras esperaba ver qué haría a continuación. — Tienes hasta que cuente hasta cinco, y luego iré tras de ti. Y esta vez no te voy a dejar escapar.

— ¿Qué pasó con diez? — Bromeé, intentando girar, pero él me agarró por la nuca y me empujó hacia adelante hasta que mi mejilla estuvo a milímetros del árbol frente a mí.

— No juegues conmigo.

— Pero creo que te gusta cuando lo hago. — ronroneé, con una voz seductora.

Gruñó, tirándome bruscamente hacia un lado y señalándome el sendero que conducía a través del bosque de regreso al bar. — Más te vale correr.

Esta vez, cuando me soltó, corrí a través de la maleza, con mi corazón latiendo con fuerza como el único sonido que podía escuchar.

La voz de Hudson se desvaneció mientras me movía por el sendero, y luego de repente se detuvo cuando terminó de contar. Sabía por qué solo contaba hasta cinco, no tenía ninguna duda de que me encontraría. Porque no quería escapar.

Decidí ver exactamente cuánto me castigaría, así que rápidamente miré para asegurarme de que no hubiera nadie merodeando por la parte trasera del edificio antes de gritar, tratando de sonar asustada.— ¡Ayuda! ¡Alguien me sigue! ¡Ayuda, por favor!

Me quedé sin aliento cuando unos brazos fuertes me rodearon la cintura, Hudson apretándome contra su pecho sólido. Su mano áspera cubrió mi boca, y mis respiraciones empañaron el aire frente a mi cara mientras me llevaba hacia el lado del edificio donde había aparcado su coche.

Rara vez conducía su coche al trabajo a menos que el clima no fuera seguro para venir con la moto, así que parecía que este pequeño escenario suyo había sido planeado.

Una punzada de celos me recorrió al pensar que había planeado esto para ella, pero luego sonreí contra su palma. Viv no estaba aquí ahora mismo.

Que se joda esa muñeca de plástico tóxica y psicótica.

No tenía planes de detenerme. La luz del día podría traer consecuencias que no quería enfrentar por la mañana, pero esta noche...

Esta noche, Hudson era mío.

— No te molestes en gritar. La música está demasiado alta para que alguien te escuche. — advirtió mientras la mano que cubría mi boca se aflojaba. — Mantente callada o voy a tener que callarte. Aunque, creo que disfrutas tener la boca llena.

Asintiendo, mi pecho se agitó mientras esperaba que él apartara su mano aún más.

Cuando cayó a su lado, me lancé hacia adelante, soltando un grito fuerte, esperando que tampoco hubiera nadie afuera escuchando. No quería que Hudson realmente fuera arrestado por secuestrarme, pero también quería ver qué haría.

— Te lo advertí. — Soltó una risa grave, colocando un fuerte antebrazo sobre mi estómago expuesto, cubriendo mi boca con un paño y atándolo rápidamente alrededor de la parte posterior de mi cabeza.

Hudson me dio la vuelta, sus ojos desorbitados mientras me miraba brevemente antes de inclinarse y llevarme sobre su hombro.

Tirando de su camiseta, rasguñé con las uñas su parte baja de la espalda, tratando de no reírme del grito y el gemido de dolor que soltó. — Sigue así, diablita. Tu momento llegará.

Si hubiera podido, le habría dicho que lo intentara... pero como me retorcía y pateaba mientras me llevaba, creo que entendió el mensaje.

Mi cabeza dio vueltas mientras Hudson me empujaba al asiento trasero de su coche.

De nuevo, tuve el pensamiento fugaz de que con cualquier otra persona estaría aterrorizada, pero cuando se inclinó sobre mi cuerpo, asegurándose suavemente de que la tela que cubría mi boca no estuviera demasiado apretada, nunca me había sentido más segura.

— Quédate. Aquí. No te muevas ni un centímetro. — Su tono era serio, pero pude notar por como me buscaba la cara que estaba tratando de asegurarse de que estuviera bien con esto. — Cuando vuelva, si has intentado escapar, lo sabré. Si no puedo confiar en que te comportes cuando te lo pido, tendré que dejarte aquí en lugar de llevarte a algún lugar tranquilo para divertirme contigo.

Asintiendo, traté de calmar mi respiración, asegurándole sin palabras que estaría bien... Por ahora.

— Volveré en unos minutos.

Mis oídos zumbaban en el silencio del coche después de que él cerró la puerta de golpe. ¿Me iba a llevar de vuelta a su casa? ¿O a algún otro lugar?

De cualquier manera, necesitaba hacerle saber a Hazel que me había ido. Levanté las caderas, moviendo los brazos hacia los lados para sacar mi teléfono del bolsillo trasero. Afortunadamente, me los había atado con bridas delante de mí en lugar de detrás, o estaría atrapada.

Mis dedos temblaban mientras usaba mis pulgares para teclear el código y desbloquear la pantalla y abrir mis mensajes de texto. Aparentemente, el reconocimiento facial no funcionaba muy bien cuando llevabas una máscara y tenías un mordaza atada a la boca.

> Charley: Salí con Hudson. No estaré en casa esta noche. Cuídate.

El viento aullaba fuera del coche, pero no lo escuché a él allí afuera. Debe haber vuelto al edificio a por algo. Realmente esperaba que no se encontrara con Vivienne allí, porque estaba deseando seguir en este juego de roles. Y esa perra no iba a arruinar esto para ninguno de los dos. Hudson merecía a alguien que realmente quisiera estar con él.

Antes de que mis pensamientos pudieran descontrolarse con más escenarios apocalípticos, mi teléfono vibró en mis manos.

> Hazel: Igualmente, pero por favor NO me llames con detalles después. Hay cosas que no necesito saber sobre mi hermano.

Quería preguntarle cómo sabía que había algo en marcha de lo que ella no querría detalles, pero el sonido de la puerta del bar cerrándose de golpe hizo que mis dedos volaran sobre las teclas. Hazel había sabido de mi enamoramiento por su hermano casi tanto tiempo como yo lo conocía. Era difícil ocultarle cosas a alguien que te conocía tan bien como nos conocíamos nosotras. Pero ni siquiera ella sabía cuán profundamente habían crecido mis sentimientos por él desde que empecé a trabajar en el bar.

> Charley: No eres divertida.

Su respuesta fue inmediata.

> Hazel: Por favor, no le rompas el corazón.

Dudaba mucho que eso sucediera. Tendría que estar en posesión de ello para romperlo.

Charley: Estoy más preocupada por el mío.

Hazel me había animado más de una vez a decirle cómo me sentía, pero con Viv siendo su novia, no había manera de que me pusiera en medio de su relación y me arriesgara al rechazo. Tenerlo como amigo era más importante que mi enamoramiento no correspondido. Aunque había dejado que su fascinación por Reid permaneciera oculta, aunque sabía que le gustaba el mejor amigo de su hermano. Pero no estaba segura de si sus sentimientos por él eran más que físicos.

Ambos hombres eran guapos, pero yo solo había tenido ojos para uno de ellos. Parecía que los hermanos Rivera ambos podrían estar interesados en los mejores amigos de sus contrapartes.

Pero lo le había dicho a Hazel era verdad. Estaba más preocupada por mi corazón que por el suyo. Siempre me había visto como esa molesta hermanita que necesitaba proteger antes de esta noche, y me preguntaba si eso cambiaría para él una vez que supiera que yo era la mujer a la que le había hecho todas esas cosas hace poco. Seguramente, después de lo que había sucedido contra ese árbol, Hudson ya debería de saber que no estaba con su ex.

Antes de poder profundizar más en sus motivaciones para perseguirme por el bosque con una máscara y hacerme sexo oral contra un árbol, la puerta del asiento del conductor se abrió de golpe. Reflexivamente, metí mi teléfono en el bolsillo antes de que él mirara al asiento trasero y notara que lo tenía.

Realmente se había comprometido con su personaje del hombre enmascarado amenazante antes, pese a algunos deslices para asegurarse de que estuviera bien, y no quería destruir la ilusión dejándole saber que había dejado las bridas demasiado sueltas. Si quisiera, podría romperlas en segundos y saltar del coche antes de que él pudiera irse, pero no iba a hacer nada que interrumpiera el flujo de las cosas.

Porque conocía a Hudson, si pensaba demasiado en este encuentro, se detendría. No le gustaba la confrontación, y le gustaba tener el control. Solo esperaba que la parte del control también lo tuviera en el dormitorio. Porque, aunque fuera una buena idea o no, esta noche iba a follar con el hermano de mi mejor amiga.

Se sentía más como Navidad que como Halloween, pero no iba a rechazar el regalo de un buen polvo sin importar la festividad. Especialmente no del chico del que había estado enamorada durante una década.

Capítulo Doce

Hudson

Mirando por encima del hombro después de cerrar la puerta de golpe, exhalé aliviado cuando vi que no se había movido de donde la había dejado en el asiento trasero. Sabía que probablemente no era seguro conducir sin cinturón de seguridad para ella por las montañas de noche, pero no íbamos lejos. Tendría cuidado.

Lo único de lo que me preocupaba en ese momento era llegar antes de que comenzara a nevar. Una ligera capa ya se había acumulado en mi parabrisas mientras la temperatura seguía bajando. Y ha juzgar por la gran masa de azul y púrpura en mi aplicación del clima, iba a caer mucha nieve, y rápido.

Llevé suministros una vez que finalicé mis planes más temprano y me aseguré de que hubiera suficiente gasolina para mantener el generador funcionando durante el fin de semana en caso de que perdiéramos la electricidad. Ella lo había odiado la última vez que pasamos el fin de semana en la cabaña de mi familia, pero estaba decidido a hacer que este juego del secuestro fuera al menos algo creíble.

Todo era un juego de roles, porque estaría muchísimo más nervioso si realmente estuviera secuestrando a alguien, pero ella parecía amar todo lo que había hecho hasta este momento.

Aunque fue idea suya, ya había anticipado que rompería el personaje, y que insistiría en que fuéramos a su condominio por la noche. Estaba casi obsesionada con su rutina nocturna, y maldije cuando me di cuenta de que había olvidado traer las cosas de la ducha que había dejado en mi casa. Tendría que lidiar con ello por una noche porque no iba a detenerme ahora. Con suerte, estaríamos demasiado ocupados follando para que fuera un problema.

— No te atrevas a intentar escapar de mí una vez que me detenga, Porque no hay nadie más a kilómetros a la redonda donde te estoy llevando.

No esperé una respuesta, me di la vuelta y arranqué el coche. El potente motor rugió al encenderse y una emoción recorrió mi cuerpo. Me encantaba este maldito coche. Y aunque no era fan, no había manera de que pudiera negar que esta cosa era increíblemente sexy. Tal vez estaría dispuesto a llevar a cabo otra fantasía de follar en el capó mientras el motor ronroneaba bajo su cuerpo desnudo.

La grava del estacionamiento crujía bajo los neumáticos mientras las luces en la parte frontal del bar brillaban a través de las ventanas parcialmente cubiertas de nieve. Una figura solitaria de pie en la puerta con pantalones cortos brillantes y una chaqueta de cuero me hizo acelerar el pulso. Afortunadamente, me había dejado la máscara puesta para que nadie me reconociera a menos que conocieran mi coche.

Sabía que técnicamente no estaba haciendo nada malo, pero como era tan fuera de lo que usualmente hacía, prefería mantener en secreto mi nuevo entusiasmo por los juegos de rol enmascarados entre yo y la mujer atada y amordazada en mi asiento trasero.

Sin querer arriesgarme a que ella se cayera al suelo del coche, conduje con cuidado hacia la carretera principal que llevaba al pueblo, pero giré en la dirección opuesta, subiendo por la parte sinuosa que conducía a las montañas cercanas. A partir de aquí, íbamos a estar completamente solos.

Todavía era demasiado temprano para que hubiera turistas en las cabañas de alquiler, porque estábamos en esa época lenta del año en la que la temporada de senderismo y rafting de verano y principios de otoño había disminuido. Hasta la primera nevada sólida, entonces regresarían cuando la temporada de esquí hubiera comenzado oficialmente. Los estudiantes universitarios solían quedarse en el pueblo cerca de la universidad, y la propiedad de mi familia estaba demasiado apartada para que los transeúntes al azar me vieran llevando a una mujer con una mordaza y las manos atadas con bridas hacia la cabaña.

Solo esperaba que mis padres no vieran las cámaras frontales activarse y revisaran las grabaciones. Eran personas de mente abierta, que los había sorprendido más de una vez con sus propias actividades amorosas, pero como todavía llevaba la máscara puesta, no quería que llamaran a la policía. Esa sería una conversación incómoda que quería evitar.

Mientras conducía cuidadosamente por las curvas, con mis faros como única iluminación a través del denso bosque, de vez en cuando usaba el espejo retrovisor para vigilar a mi cautiva muy tranquila, pero traviesa. Su rostro estaba apoyado en el asiento a su lado, así que no podía leer bien su expresión en la oscuridad, pero parecía que podría haberse quedado dormida.

Más le vale descansar ahora, porque después de probar lo que era abrazar esta oscura personalidad que había pedido, anhelaba más. Ella quería que actuara más como un chico malo, así que iba a ser un muy mal chico. Al menos en esta parte de nuestras vidas. Espero que ella sea más comprensiva con el resto de mis responsabilidades si salvo esta parte de nuestra relación.

Tal vez reconectar, repetidamente, este fin de semana sería justo lo que necesitábamos para arreglar las cosas.

Las carreteras al norte del pueblo estaban más densamente cubiertas de nieve a medida que aumentaba la elevación. Ya había cambiado los neumáticos para prepararme para el invierno, y tenía un juego de cadenas en el maletero, pero no era lo suficientemente malo como para necesitarlas todavía. La nieve brillando en los faros le daba al bosque un resplandor ominoso, pero como iba a hacer mucho frío, no planeaba seguir persiguiendo afuera por la noche.

Quería encender el fuego, quitarle la ropa y olvidar el mundo exterior mientras me perdía en su cuerpo. Mi promesa de enterrar mi cara entre sus piernas era mi primera tarea, y luego enterraría otra cosa allí. Un pensamiento celoso y errante me distrajo mientras consideraba que tal vez se había depilado la vagina con la intención de elegir a alguien más para llevar a casa esta noche, pero esperaba estar equivocado porque no había dudado desde el momento en que la encontré en la pista de baile.

Aunque me dificultaba concentrarme en la carretera, planeé nuevas formas de explorar este lado más primitivo de nuestra vida sexual durante el resto del viaje. Solo porque podríamos quedarnos atrapados en la nieve no significaba que no pudiéramos jugar.

Había muchos lugares para esconderse en la cabaña, y me preguntaba si ella estaría dispuesta a jugar a las escondidas sin ropa. Solo cuando la encontrara, la follaría. Me parecía una situación en la que todos ganaban.

— Ya casi llegamos. — Anuncié, y su rostro se giró hacia mí, sus ojos parpadeando somnolientos en la tenue iluminación. Había algo diferente en ella que no podía identificar, pero podría ser simplemente porque estaba de acuerdo conmigo por una vez. — No olvides que estamos demasiado lejos para que alguien te escuche, así que intentar gritar solo te desgastará la voz. Me gustaría escucharte gritar otras cosas más tarde, así que voy a necesitar que te calles.

Ella tarareó, el sonido amortiguado por el pañuelo que le había atado en la boca, y sonreí, sabiendo que todavía estaba dispuesta a jugar el juego ya que había respondido con un tarareo y no con silencio o un gruñido enojado.

Reduciendo la velocidad del coche y navegando con cuidado por el camino helado, traté de no sacudirla demasiado aunque estaba desesperado por sacarla de ese asiento trasero.

Mi polla ya estaba dura, y sabía que una vez que empezara a meterse en su papel de traviesa de la noche, se pondría aún más dura.

— Si piensas en patearme cuando abra esta puerta... — advertí, mirando las puntas de sus botas de tacón. — Voy a lanzar esas malditas botas al bosque y sabemos que nunca llegarías lejos sin zapatos si logras escapar. Aunque con esta nieve, creo que estás atrapada dentro conmigo todo el fin de semana. Estoy seguro de que se me ocurrirá algo que podamos hacer para pasar el tiempo.

Cuando Mikey me dijo que buscara las botas rosas, admiré lo sexy que se veían sus piernas con las botas negras hasta los muslos con suelas rosas desde el otro lado de la pista de baile. Se veía tan despreocupada mientras dejaba que la música la moviera, y no podía recordar una vez en la que se hubiera visto tan relajada. Tal vez este cambio entre nosotros traería de vuelta partes de la chica que inicialmente me había atraído.

Una vez que un chico universitario vestido con un uniforme de béisbol había comenzado a acercarse a donde ella bailaba con los brazos estirados sobre su cabeza y las caderas moviéndose en un ritmo sensual, supe que necesitaba marcar mi territorio y poner mi plan en marcha. No había manera de que dejara que otro hombre le pusiera las manos encima. Especialmente uno que no la merecía.

— Está nevando bastante fuerte ahora, así que voy a revisar el generador y encender el fuego dentro. No tardaré mucho, pero necesito saber que me estarás esperando cuando termine. ¿Puedes ser una buena chica?

Enroscando mi brazo alrededor del reposacabezas, miré hacia el asiento trasero, observándola asentir. Quería decir que al diablo y cargarla sobre mi hombro ahora mismo y follarla en cuanto estuviéramos en la cabaña. Pero los cristales de hielo que se formaban en mi parabrisas me tenían más preocupado por su seguridad. La gente moría por exposición a esta altitud en un abrir y cerrar de ojos, y este fin de semana se trataba de placer, y solo del tipo de dolor divertido.

Observando su lenguaje corporal, salí del coche, el viento mordía mi piel expuesta ya que le había dado mi sudadera en el bosque detrás del bar. Por una vez, estaba agradecido por esta maldita máscara, porque protegería mi cara. Ella permaneció quieta mientras yo plegaba el asiento hacia adelante, inclinándome dentro del coche y agarrando sus caderas para deslizarla por el asiento.

Ella apartó la cabeza de mí, ocultando su expresión mientras me dejaba sacarla, tambaleándose ligeramente en sus tacones cuando tocaron la gravilla cubierta de nieve del camino que conducía a la casa. A pesar de que la sudadera negra ahogaba su delgada figura, ella tembló, sus labios temblando mientras su aliento se empañaba alrededor de sus labios rojos y hinchados.

Labios que habían succionado mi polla de una manera que nunca lo habían hecho antes, y estaba desesperado por volver a estar entre ellos.

Pero eso podía esperar. Teníamos días para jugar si esta nieve no se detenía. Cualquier cosa por encima de veinte centímetros y no volveríamos a bajar la montaña en días. Pero, afortunadamente, tenía otros veinte centimetros para mantenernos distraídos hasta entonces.

— Vamos a calentarte. — murmuré, envolviendo un brazo alrededor de su espalda y inclinándome para colocar el otro detrás de sus rodillas. Ella apoyó su cabeza en mi hombro mientras la llevaba hacia la casa, apartando la nieve con los pies.

Ella estaba en silencio mientras tecleaba el código en la cerradura de la puerta y parpadeó curiosamente hacia mí mientras empujaba la puerta para abrirla. Usando mi codo para presionar el interruptor, esperaba que las luces del pasillo se encendieran, pero no pasó nada. Parece que mi planificación tenía una buena razón, porque la electricidad se había ido y no volvería esta noche.

— Se ha ido la luz. Te voy a acostar en el sofá. ¿Puedo quitarte la mordaza?

Asintió, sus labios se curvaron alrededor del paño en su boca en lo que supuse era una sonrisa.

Con cuidado la acosté sobre los cojines desgastados, llegué detrás de ella, desatando la tela y tirándola para liberarla. Ella flexionó la mandíbula y suspiró, extendiendo sus manos atadas hacia mí. Las yemas de sus dedos rozaron el lado de mi máscara como una caricia, y anhelaba la sensación de ellos en mi piel.

Bajando la mano de nuevo, fui a levantar su máscara, pero su súplica desesperada me detuvo. — No. Déjalos puestos. Ambos. No estoy lista para que esto termine aún.Yo tampoco quería que terminara aún, pero en la forma en que pidió que permanecieran anónimos tenía un tono de pánico.

— Quédate aquí. Volveré en unos minutos. ¿Necesitas algo antes de que me vaya? — Sabía que no estaba manteniendo mi personaje amenazante, pero parecía que le gustaba la combinación del personaje y yo.

— Solo vuelve a conmigo.

Asintiendo, la dejé allí, de alguna manera sabiendo que se quedaría donde la había dejado. Ella estaba tan ansiosa por conectar como yo, y hasta que volviéramos a meternos en el personaje, sería paciente.

Poniéndome la chaqueta que colgaba junto a la puerta trasera y un par de guantes de trabajo de la estantería, me abrí paso a través de la nieve acumulada y rápidamente limpié el generador. Solo me tomó unos minutos encenderlo, pero solo activé la parte que mantenía funcionando los electrodomésticos y el calentador de agua.

Me preocupaba más nuestra provisión de alimentos y agua caliente que las luces, y tal vez pasar los próximos días a oscuras ayudaría a mantener viva la fantasía. Había muchas velas y linternas si eran necesarias.

Todo lo que quería era perderme en ella por el futuro previsible hasta que la realidad nos llamara de vuelta.

Capítulo
Trece

Charley

MIENTRAS MIRABA LAS VIGAS de madera que abarcaban el techo inclinado de la cabaña, recuerdos de todo el tiempo que había pasado aquí en la última década inundaron mi mente.

Todas las veces que lo había observado desde el otro lado de la habitación, cuando ni siquiera notaba mis ojos curiosos siguiendo cada uno de sus movimientos. Parte de esa desesperada y enamorada colegiala estaba escondida en lo más profundo de mi ser, y quería tranquilizarla diciéndole que todo saldría bien después de este fin de semana. Que mi corazón sobreviviría al conocer este lado de él.

Ahora que la emoción de la persecución y la energía sexual que pulsaba entre nosotros en el bar se había desvanecido un poco, estaba asustada. Hudson no era solo mi amor platónico; era mi amigo. Y aunque estaba desesperada por finalmente sentirlo dentro de mí, tenía un miedo terrible a que me rechazara a plena luz del día.

Todavía no tenía idea si sabía que no era su caprichosa y tóxica ex, pero seguro tenía que saber que las cosas eran diferentes entre nosotros. Nunca me había sentido así con otro hombre, y a juzgar por la forma animal en que sus ojos seguían cada uno de mis movimientos mientras le hacía sexo oral rodeados por la oscuridad del bosque, él tampoco había experimentado algo así antes.

No podía imaginar a Viv siendo tan entusiasta. Porque lo único que parecía entusiasmarla era absorber la vida de las personas.

Mi corazón se aceleró cuando la puerta trasera se cerró de golpe, haciendo temblar la cabaña, seguida por el sonido de los pies de Hudson golpeando la moqueta resonando por el pasillo. El zumbido de los electrodomésticos al encenderse ahogó el silencio, pero cada paso silencioso me hacía temblar de emoción.

— No te preocupes. — se rió desde el otro lado del gran salón. — No voy a ir por ti todavía. Necesito encender el fuego para que no tengas frío cuando te

83

quite ese disfraz y pueda mantenerte desnuda y suplicando por mi polla hasta que se derrita la nieve.

No respondí. Tenía miedo de hablar ahora que la adrenalina se había desvanecido, por temor a que reconociera mi voz. Sabía que no podíamos mantener las máscaras para siempre, y una vez que no estuvieran puestas, no tenía idea de cómo reaccionaría.

No habría forma de ocultar mi identidad ni de escapar si íbamos a quedarnos aquí hasta que pasara la tormenta. Necesitaba algo para mantenerlo distraído. Algo para mantener el juego en marcha hasta que pudiera averiguar qué le diría una vez que mi identidad dejara de ser un secreto.

Moví las piernas, probando si el viejo sofá cama crujiría cuando me deslizara al suelo. No lo hizo, así que me impulsé cuidadosamente por el lado, metiendo los brazos cerca del pecho para no romperme algo al caer sobre la alfombra mullida que cubría el suelo de madera.

Arrastrándome de rodillas, observé a Hudson trabajando arduamente avivando el fuego, los músculos de sus bíceps flexionándose mientras colocaba troncos secos dentro de la chimenea de piedra. La capucha de la máscara aún colgaba sobre la parte trasera de su cabeza, y me sentí un poco culpable de haberlo convencido de que la mantuviera puesta, porque no podía ser muy cómodo. Los lugares donde mi máscara estaba pegada a mi cara me hacían picar la piel y me había rozado donde la banda elástica se estiraba a través de mis sienes. Pero era el único escudo que tenía en este momento, y no iba a quitármelo hasta que tuviera que hacerlo.

Gateé torpemente de rodillas hasta el borde de la alfombra, asegurándome de que Hudson estaba distraído antes de cruzar lentamente la distancia hasta la cocina. Mis manos atadas resbalaron en el pomo de la puerta, pero afortunadamente se abrió sin chirriar. Con la pared como apoyo, me tambaleé hasta ponerme de pie, usando mi hombro para empujar la puerta casi cerrada.

Esta cocina era donde había pasado incontables horas, comiendo con la familia Rivera o jugando a juegos de mesa en la larga mesa rectangular con sillas de madera de respaldo alto. Siempre había sentido envidia de Hudson y Hazel por tenerse el uno al otro, a pesar de los casi seis años de diferencia entre ellos. Era solitario ser hija única, aunque tenía primos en el pueblo vecino de Butterfly Ridge. Mis padres estaban ocupados manejando el rancho cuando era más joven, así que cuando la madre de Hudson me tomó bajo su ala y me incluyó en sus viajes a la cabaña, me emocioné mucho.

No es que quisiera escapar de mi familia, mis padres eran geniales a pesar de sus horarios, pero cuando creciste con caballos como tus amigos más cercanos, tener una familia de verdad con la que pasar el tiempo era un alivio.

— ¿Ya has vuelto a tu papel de traviesa? — La voz de Hudson resonó por el pasillo, los vellos de mis brazos se erizaron con el tono amenazante de su voz.

Permaneciendo en silencio, me agaché y me aplasté contra la pared junto a la puerta, esperando que ocultara mi cuerpo si la abría para buscarme aquí. No estaba segura de lo que haría cuando me encontrara, pero la idea de que me castigara aumentaba la excitación que se acumulaba con cada momento que pasaba.

— Solo estás retrasando lo inevitable. — su voz fuerte se escuchó desde el otro lado de la cabaña, y tenía la sensación de que ya había revisado las tres habitaciones para ver si me había escondido allí. — Cuando te encuentre, te voy a poner sobre mi regazo y te voy a poner el culo rojo.

Aunque esa declaración me hizo querer revelar mi ubicación, esperé, sabiendo que no había muchos otros lugares donde buscar.

La puerta se abrió lentamente hacia adentro unos momentos después, la sombra de su gran marco me ocultaba en la oscuridad. Estaba en silencio mientras abría las puertas del armario, pero el crujido del suelo bajo sus pies hizo que mi pulso se acelerara porque sabía que eventualmente solo quedaría un lugar por buscar.

— ¿Crees que estás siendo astuta, verdad? — se rió, su voz más baja de lo que había sido cuando estaba en el pasillo, lo que significaba que sabía que yo estaba en la cocina con él.

Mordí mi labio inferior, intenté mantenerme en silencio a pesar del ardor en mis piernas por estar en cuclillas con las botas de tacón alto que llevaba puestas.

— Puedo olerte. — Su voz era un susurro cuando la puerta se abrió, revelando mi posición agachada. Las rendijas oscuras de su máscara y la inclinación de su cabeza deberían haber parecido ominosas y amenazantes, pero yo sabía que este hombre enmascarado solo pensaba en el placer. — Y ahora te voy a comer.

— ¿No vas a castigarme primero? — Bromeé, mordiendo mi labio mientras esperaba su respuesta.

— Hmmm, buen punto — murmuró, agachándose para que estuviéramos a la altura de los ojos. — Pero, ¿no sería un castigo más efectivo si no te castigara? Porque creo que podrías disfrutarlo un poco demasiado.

— O te preocupan que tus habilidades no sean tan efectivas.

Su rostro enmascarado de repente apareció a pocos centímetros de mí, indicando que había acertado, un bajo gruñido emanando de su garganta. — Supongo que será mejor averiguarlo.

— Vale. — Me presioné más contra la pared mientras él me alcanzaba, gritando mientras me arrastraba de mi escondite y me levantaba contra su pecho.

— No te preocupes. No te voy a hacer daño... No mucho. — Su risa oscura contra el lado de mi cabeza mientras me debatía contra él casi me hizo reír, pero se convirtió en un gemido cuando me dio la vuelta a la fuerza y me aplastó sobre la mesa de madera.

El borde desgastado se hundió en la parte frontal de mis muslos, sus fuertes piernas me mantenían en su lugar mientras su mano agarraba la parte posterior de mi cuello. — Quédate quieta o no te va a gustar lo que voy a hacer.

— No. — siseé, moviendo mis caderas contra él.

— Está bien. Jugaremos a tu manera — gruñó, tirando de las bridas que ataban mis muñecas por encima de mi cabeza y enganchándolas alrededor del eje en la parte trasera alta de la silla al otro lado de la mesa. Su voluminosa sudadera fue lo siguiente, Hudson tirándola hacia arriba por mis brazos y lanzándola hacia adelante, de modo que colgaba torpemente de mis muñecas atadas. — Ahora tienes que quedarte quieta.

La posición me obligó a ponerme de puntillas, la mesa lo suficientemente ancha como para estirarme completamente debajo de él. Tenía que admirar su rapidez de pensamiento, porque me impediría obtener cualquier ventaja si luchaba. Si tiraba lo suficientemente fuerte de las bridas, probablemente podría hacer que se rompieran, pero mis brazos seguirían atrapados, y el mordisco del plástico en mis muñecas mantenía mi adrenalina fluyendo.

— Mmmm — murmuró, y salté cuando su vello facial raspó el lado de mi cuello, seguido por sus labios carnosos. O se había quitado la máscara, o la había empujado a un lado, pero no hizo ningún movimiento para quitarme la mía de nuevo. Maldije contra la mesa frente a mí mientras sus dientes raspaban mi piel sensible, mordiendo mi nuca mientras sus grandes manos levantaban mi top corto.

— Joder — jadeé en un gemido tembloroso mientras sus dientes se hundían más, sus dedos pellizcando mis pezones con destreza hasta que se pusieron duros.

— Creo que te gusta cuando te toco así. ¿Verdad? Quieres que enseñe lo fuera de control que me haces sentir. Lo salvaje que me he sentido toda la noche. Tan desesperado por marcarte para que sepas exactamente a quién perteneces.

Mi corazón latía con fuerza contra la superficie dura, las lágrimas asomaban en las comisuras de mis ojos al pensar que él realmente quería eso. Queriendo que yo le pertenezca.

— Respóndeme.

Vacilé y él se apartó, mi cuerpo sintiéndose frío mientras la calidez de él desaparecía.

— Sí — jadeé mientras él metía la mano debajo de mí, tirando de de mis pantalones cortos. Él los deslizó hacia abajo, hasta que sentí el aire frío en mi piel sobrecalentada.

— Joder, este culo — gruñó, sus dedos hundiéndose en mi carne expuesta con suficiente fuerza como para dejar una marca. Uno que vería desvanecerse lentamente en los días siguientes, deseando poder tatuarlo en mi piel.

Con movimientos apresurados, me arrancó las medias de los muslos, sus grandes manos sosteniendo mis pantorrillas mientras me quitaba los pantalones cortos. La superficie fría de la mesa enfrió ligeramente la marca de mi piel, pero al escuchar el rasguño de una silla en el suelo de madera detrás de mí, de repente me ardía por dentro.

Las yemas de sus dedos trazaron un camino entre mis piernas, deslizándose en la humedad que su boca sucia había inspirado y gemí, desesperada por que finalmente dejara de provocarme.

— No seas tímida ahora. Quiero escuchar tus gemidos. No hay nadie aquí para oírte gritar excepto yo. Apenas estamos empezando, mi chica traviesa.

Capítulo
Catorce

Charley

— Oh Dios — gemí mientras Hudson lentamente empujaba un dedo dentro, enganchándolo hacia adelante y presionando hacia abajo mientras me mantenía en su lugar con una mano firme en la parte baja de mi espalda. No me dejaba ningún lugar a dónde ir, y cuando su pie separó mis piernas, grité, los músculos de mis muslos esforzándose por evitar que cayera.

— Te ves tan jodidamente sexy así — gruñó, presionando sus caderas hacia adelante para que pudiera sentir lo duro que estaba a través de sus vaqueros. Quería gritarle que me follara ya, pero cuando la presión de mi espalda desapareció y su gran palma se conectó con la piel expuesta de mi trasero, de repente quise que me diera más nalgadas.

— De nuevo — gemí mientras él amasaba la piel con fuerza, el escozor de su palma desvaneciéndose en algo placentero.

— Joder, creo que te gusta esto. Te has mojado tanto. — Añadió un segundo dedo, follándome lentamente con ambos mientras movía las caderas para obtener más fricción. — Eres un pequeña cachonda, muy mojada y desesperada.

— Más — supliqué, casi frenética por que lo hiciera de nuevo.

— Qué cosita tan exigente — se burló, su palma golpeando de nuevo en un ángulo ligeramente diferente antes de calmar el ardor. — Y tu piel se marca tan bien para mí. Ya puedo ver tu piel blanca volviéndose rosada.

— Haz mi piel más roja.

— Es como si pensaras que estás a cargo aquí. — Podía notar que se divertía con mi reacción, pero yo deseaba más. Quería sentir la quemadura de su mano marcándose en mi piel.

— Más. — Cambié el tono de mi voz para reflejar la desesperación que sentía, y él accedió, el impacto de su gran palma produciendo un ruido de golpe que rozaba lo obsceno.

— Estás tan jodidamente mojada. — Su voz baja coincidía con mi necesidad frenética, y gemí mientras retiraba sus dedos. El sonido de la silla raspando el suelo nuevamente me hizo temblar de anticipación, y un gemido escapó cuando sus manos separaron mis nalgas, la punta de su lengua barriendo entre mis piernas. — Y tu sabor... Joder.

La esquina de mi máscara de plástico se hundió en mi mejilla mientras me desplomaba contra la mesa, completamente a su merced.

Y los ruidos, los ruidos que hacía al sumergirse me hacían temblar contra la madera fría bajo mi cuerpo excitado. Cuando sus dedos se unieron a su lengua, grité, apretando alrededor de ellos una vez que no pude contenerme más, mi orgasmo sacudiéndome como una descarga eléctrica.

— Mmm, creo que me encanta ese sonido — se rió, sus labios húmedos arrastrándose contra la piel de mi mejilla antes de que sintiera la mordida de sus dientes contra mi piel sensible. Grité, pero no me soltó, sus grandes manos manteniéndome las caderas mientras trazaba su lengua a lo largo de las marcas de sus dientes. — Y me encanta ver mis marcas en ti.

Mi boca estaba reseca mientras jadeaba, tratando de recuperar el aliento mientras él seguía frotando suavemente su nariz y labios por mi trasero. Definitivamente fue una nueva experiencia para mí tener a un chico acariciando el lugar donde recién había dejado la marca de sus dientes en mi nalga, pero parecía estar disfrutándolo.

— Veamos qué otros ruidos puedo hacer que hagas — se rió en ese tono bajo y amenazante. La silla resonó al caer al suelo mientras él se ponía de pie detrás de mí, revolviendo por un momento antes de golpear la mesa junto a mi cabeza.

Apenas pude distinguir el pequeño paquete cuadrado, sorprendida de que después de cuatro años todavía usaran condones, pero supongo que no debería haberme sorprendido. Viv no parecía del tipo de las que le gustan los desastres pegajosos en el sexo. Pero no iba a dejar que los pensamientos de ella arruinaran esto para nosotros, incluso si estaba tomando anticonceptivos y quería que él me lo hiciera sin protección.

— Maldita sea, estás increíblemente sexy. — Su profundo gemido casi ahogó el sonido de su hebilla, pero el roce del cuero al ser arrancado de los lazos de su cinturón hizo que mis ojos se abrieran de par en par.

¿De verdad va a hacerlo...?

— ¡Joder! — Grité mientras el cuero de su cinturón se estrellaba en el otro lado de mi trasero donde me había azotado y mordido antes.

— Más alto — gruñó, golpeando mi piel una segunda vez y grité, cerrando los puños con fuerza frente a mi cara, las bridas hincándose en mi piel mientras tiraba de mis ataduras. — Te voy a follar ahora, diablita. Y cuanto más ruidosa seas, más duro voy a follarte para hacer que te corras de nuevo. Si te quedas callada, solo te voy a follar hasta que yo me corra y te dejaré aquí, queriendo más.

— Mierda — exhalé, tratando de recuperar el aliento y deleitarme con el dolor sordo que sus marcas habían dejado. En mis fantasías más salvajes, nunca habría imaginado que Hudson fuera del tipo salvaje, pero tenía algunos juguetes que quería mostrarle en mi apartamento que dejarían marcas duraderas si decidía tocarme de nuevo después de que todo esto terminara.

Su palma recorrió lentamente la parte posterior de mi muslo, deslizándose entre mis piernas y frotando suavemente mi clítoris hasta que volví a retorcerme, aún sensible por mis orgasmos anteriores.

— Mmm, tan jodidamente mojada. — Podía sentirlo cubriendo mis muslos, y la forma en que su pecho seguía retumbando mientras él pasaba suavemente sus manos por mi vagina sensible me excitaba aún más. Las yemas de sus dedos se detuvieron en mi coño, sumergiéndose lentamente antes de retirarse. Burlándose de mí con su proximidad.

Una vez que aparentemente se había saciado de tocar, su gran mano tatuada agarró el condón, el sonido de este siendo abierto se mezcló con sus respiraciones emocionadas.

Un gemido se me escapó cuando sus muslos desnudos presionaron contra la parte trasera de mis piernas, y lamenté no poder ver su rostro cuando me penetrara por primera vez. Quería ver cómo sus ridículamente largas y oscuras pestañas parpadeaban mientras me llenaba, ver cómo su boca se abría cuando entraba sin esfuerzo, y observar cómo los tendones de su cuello se flexionaban cuando llegaba al fondo por primera vez.

Pero los sonidos de ello me enviaron un escalofrío por la espalda, disfrutando del agarre duro de sus dedos a cada lado de mi cintura. Disfrutando de la forma en que mis muslos temblaban mientras él se retiraba por primera vez antes de volver a entrar, clavándome contra la madera debajo de mí.

— Se siente tan bien — jadeó, su mano agarrando la parte trasera de mi camisa y retorciéndola, usándola como palanca para follarme, sus caderas moviéndose más rápido y con más fuerza con cada embestida.

Retiró su puño, el escote de mi blusa presionando mi garganta como si fueran sus dedos. Mis labios y mejillas empezaron a hormiguear mientras jadeaba por aire, pero eso solo me acercó más al borde. Casi había olvidado que quería escucharme gritar mientras contenía la respiración, el placer recorriendo mi columna vertebral mientras el sudor brotaba en mi piel.

— Sí joder. Más fuerte — gemí despúes de un empujón particularmente fuerte y él tuvo la audacia de reírse.

— ¿Qué dijiste? No te escuché.

— ¡Más fuerte! — Grité, tirando sin pensar de las bridas hasta que mis muñecas ardieron. Sabía que dejaría marcas permanentes si no paraba, pero no podía. No quería. Quería el recordatorio. — ¡Más fuerte, por favor! ¡Por favor! Oh, joder. Estoy tan cerca.

— Voy a hacer que este coño se corra sobre mi polla — gruñó, aumentando su ritmo hasta que la mesa raspó el suelo con cada embestida. La silla a la que estaba atada se balanceaba mientras se movía, golpeando el borde de madera a unos centímetros de mi cara mientras sus caderas me presionaban brutalmente contra el borde debajo de mis caderas.

Se inclinó, su aliento caliente acariciando la parte posterior de mi cuello mientras su brazo se metía debajo de mi cuerpo, sus dedos acariciando mi clítoris mientras mantenía su ritmo. Mis piernas ardían a medida que el placer aumentaba, y apenas podía concentrarme en otra cosa que no fuera nuestros cuerpos unidos. Su cuerpo instigó al mío a seguir sus movimientos, moviéndonos como uno solo mientras ambos nos dirigíamos a la liberación.

— Vamos, nena. Déjate llevar — susurró en mi cabello, y me perdí, cayendo libremente en un placer como nunca antes había sentido, el dolor mezclándose con el éxtasis y amenazando con hundirme mientras jadeaba por aire. — Así se hace, nena. Puedo sentirte. Aprieta mi polla. Voy a correrme tan fuerte ahora que te has corrido sobre mí.

Su peso se levantó de mi espalda, mi cuerpo agotado se desplomó sobre la mesa, el sudor cubriendo la superficie hacía que mi piel resbalara con cada uno de sus embistes. Sus gruñidos se volvieron más fuertes mientras sus dedos se hundían más profundamente y supe que dejaría más marcas.

El alivio me inundó mientras él gritaba, enviando maldiciones que resonaban contra las paredes de la cocina. Mis ojos se cerraron mientras mi pecho se agitaba, tomando respiraciones laboriosas. La oscuridad comenzó a arrastrarme mientras escuchaba un chasquido seguido de la liberación de mis muñecas del duro plástico que las había mantenido cautivas.

Labios suaves trazaron mi piel, y las lágrimas me picaron los ojos mientras sus dedos la recorrían, aliviando el dolor.

— Lo siento. — Su voz era un susurro áspero mientras me recogía en sus brazos, llevándome fuera de la cocina y por el pasillo mientras mi cuerpo colgaba débilmente en sus fuertes brazos. — No quería dejarme llevar tanto contigo.

Las sábanas frías rozaron mi piel antes de que sus dedos me quitaran la camiseta por encima de la cabeza. Tiró del borde de mi máscara, y me rodé lejos de él, acurrucándome de lado.

— Déjame quitártela, nena — susurró, deslizando el elástico sobre mis coletas y frotando sus dedos sobre mis sienes adoloridas. Mi cuero cabelludo ardía mientras él aflojaba mis coletas, peinando con sus dedos a través de mis ondas caóticas.

Sus suaves toques me despertaron brevemente del estupor eufórico que había invadido mi cuerpo, temiendo momentáneamente que me fuera a dar la vuelta y se diera cuenta de quién era. Simplemente me quitó las botas, arrojándolas al suelo junto a la cama. Un suave susurro era el único sonido en la habitación, y luego un gran y cálido cuerpo me envolvió por detrás, los labios de Hudson descansando contra la parte posterior de mi hombro mientras me abrazaba fuertemente contra su pecho. Sus grandes manos cubrieron mis pechos desnudos, y murmuré mientras me envolvía en su calidez.

Lo último que mi cerebro exhausto registró fue su voz tranquilizadora susurrando palabras que no podía descifrar en mi piel.

Mis ojos ardían mientras mis pestañas parpadeaban, la luz del sol se filtraba por el borde de la cortina a unos pocos pies frente a mi cara.

Parpadeando con fuerza, traté de recordar cuándo mi cama se había acercado tanto a las ventanas que daban al estacionamiento trasero del bar, pero mi corazón se aceleró cuando me fijé en el panel de madera que cubría la pared junto a esta ventana.

Estaba en la cabaña. En la cabaña de los Rivera, en la cama de Hudson, desnuda, mientras su mano me agarraba posesivamente la cadera y su cálido aliento acariciaba mi cuello.

Una repugnante presentación de diapositivas de las cosas que habíamos hecho juntos anoche parpadeó detrás de mis párpados cerrados, y sentí que mi piel se calentaba al recordar todas las cosas que él le había hecho a mi cuerpo. Culparía al alcohol, pero sabía que Hudson nunca conduciría su coche después de beber una gota de alcohol, y yo no había bebido nada antes de que me encontrara en la pista de baile.

Me dolía el cuello y la piel de mi trasero se sentía sensible, Su objetivo era el de marcarme y claramente lo había logrado. Tratando de no despertar al hombre dormido detrás de mí, moví mis muñecas hacia arriba, estudiando las profundas marcas que las bridas habían dejado. No estaba segura de cómo, pero no me había roto la piel, aunque probablemente se pondrían morados visiblemente.

Mientras catalogaba dónde sentía las evidencias de todo lo que habíamos hecho, mi pulso se aceleró cuando me di cuenta de que estaba más preocupada por su reacción al verme magullada y mordida que por el hecho de que me encontrara acostada en la cama junto a él.

Un suave ronquido escapó de su boca, y el gran cuerpo de Hudson se movió, alejándose de mí. Sabía que tenía que salir de esta cama ahora antes de que se diera la vuelta y me atrapara debajo de su cálido, fuerte, desnudo, bronceado, tatuado, sexy cuerpo y...

Concéntrate, Charley.

Moviéndome con cuidado, bajé lentamente por el colchón, teniendo cuidado de no llevarme las mantas mientras me deslizaba por el borde.

Las partes frontales de mis muslos tenían moretones de donde habían estado presionados contra el borde de la mesa, y pasé la yema del dedo por la marca, disfrutando del breve destello de dolor.

Hudson estaba extendido en la cama de lado cuando asomé por el borde, su cuerpo casi desnudo extendido sobre el colchón, la esquina de la colcha apenas cubriendo sus piernas. Intenté no dejar que mi mirada se detuviera en la forma en que su polla se extendía por las sábanas a su lado, demostrando que la erección matutina no era un mito.

La mayoría de mis encuentros casuales a lo largo de los años no se habían quedado a pasar la noche, y realmente no era fan de las repeticiones. Los sentimientos eran complicados, y ahora iba a tener que lidiar con los míos.

En el mejor de los casos, Hudson se alteraría y yo podría calmarlo. Tal vez se daría cuenta de lo perfectos que éramos el uno para el otro, y me volvería a volver loca en la cama.

En el peor de los casos, Hudson se volvería loco y nunca volvería a hablarme, echándome a la nieve para que encontrara el camino de regreso a la civilización o muriera sola en el bosque.

La realidad probablemente caería en algún punto intermedio, pero quería evitar la realidad el mayor tiempo posible.

Mis rodillas dolían por las rasguños mientras me arrastraba desnuda por el frío suelo de madera de su dormitorio. Me deslicé hacia el oscuro baño y recé para que hubiera suficiente agua caliente para lavar el temor que se aferraba a mi piel.

Capítulo Quince

Hudson

EL SONIDO DEL AGUA corriendo permanecía en algún lugar de mi subconsciente mientras me estiraba contra las sábanas debajo de mí, alcanzando el colchón en busca de su cálido cuerpo. Mis dedos se encontraron con algodón frío, la única prueba de que me había acostado envuelto en una hermosa mujer era el aroma de ella que persistía en la almohada junto a mi cara. Debe haber conseguido un nuevo champú, y el aroma solo me hizo desear aún más perderme en su cuerpo suave y curvilíneo otra vez.

Parpadeando, mi búsqueda a ciegas se confirmó cuando abrí los ojos y vi las sábanas vacías a mi lado, una franja de luz brillante se filtraba por el borde de las cortinas e iluminaba la habitación oscura. El sonido del generador zumbaba afuera, y me desplacé por el colchón para abrir las cortinas.

El blanco se extendía hasta donde alcanzaba la vista, troncos de árboles cubiertos de nieve brotando de la fresca y virgen capa de nieve. Tenía que haber al menos treinta centímetros cubriendo el suelo, si no más, y estaba agradecido de haber tenido la previsión de abastecer la cabaña en caso de que no pudiéramos irnos. Porque la última vez que tuvimos tanta nieve aquí, tuve que excavar la entrada de grava a mano una vez que supimos que la carretera principal había sido despejada.

Era temprano para tanta nieve, así que el condado no necesariamente tendría la mejor respuesta con la limpieza. Especialmente cuando sé que vi a la mayoría de los conductores de los quitanieves en el bar anoche bebiendo. Dudaba que estuvieran demasiado motivados para llegar a despejar hasta esta parte de la montaña hasta mañana... O tal vez incluso hasta el día siguiente. Intentaron despejar todas las calles del pueblo antes de dirigirse por el traicionero camino de montaña.

El conocimiento de que estaríamos atrapados aquí durante días con electricidad limitada hacía que escenarios sucios vagaran por mi mente, imaginando todas las formas en que podría usar su cuerpo para darnos placer a ambos.

Su sumisión a mi liderazgo había sido completamente inesperada, y fue liberador dejar que todos los pensamientos intrusivos fugaces que había tenido anteriormente durante el sexo tomaran el control. Toda esta situación de juego de roles puede no haber sido mi idea inicialmente, pero estaba abrazando la sensación de libertad que había florecido dentro de mí.

La forma en que nuestros cuerpos se movían juntos, y cómo ella me respondía, era completamente diferente a antes. Tenía miedo de que a la luz del día, los cambios entre nosotros se desvanecieran y volviéramos exactamente al punto en el que estábamos hace unos días. Sin saber cómo avanzar desde aquí.

El sexo increiblemente sucio no iba a resolver los problemas, pero con suerte, mostraría el camino a seguir.

Las tuberías chirriaron cuando se apagó el agua, un suave murmullo femenino se escuchaba a través de la puerta casi cerrada. Sonreí al escuchar el sonido, sabiendo que mi actuación anoche podría ser la causa de su buen humor.

Levantándome de la cama, caminé descalzo por el frío suelo de madera y apoyé mi mano contra la puerta. No quería interrumpir su rutina matutina, pero tampoco estaba seguro de si sabía buscar la linterna de emergencia debajo del fregadero, para que no tuviera que estar allí a oscuras.

Después de escucharla tararear felizmente por unos momentos más, la repentina necesidad de tocarla me invadió, y empujé suavemente, la puerta chirriando lentamente al abrirse.

— ¡Mierda! — chilló, mi mano encontrando resistencia de inmediato mientras ella se empujaba contra mí.

— ¿Estás bien? — Me reí, deseando que me dejara entrar para poder envolverla en mis brazos y arrastrarla de vuelta a la cama conmigo.

— ¡Está bien!, ¡Estoy bien! — gritó ella; su voz sonó aguda. La puerta se cerró con un clic y el sonido del cerrojo al engancharse me hizo reír.

— No necesitas cerrarme la puerta, ya he visto todo esto antes. — Mi comentario fue recibido con silencio, así que continué. — Y me gustaría verlo de nuevo. No te molestes en vestirte, no quiero que nada se interponga en mi camino.

Después de no recibir respuesta, me senté al borde de la cama, apoyando mis antebrazos en los muslos mientras esperaba a que ella saliera.

— ¿Te caíste? — Grité, esperando que ella saliera por la puerta con las manos en las caderas, pero eso no fue lo que pasó.

La cerradura se desbloqueó y la puerta se abrió lentamente. Estaba casi a oscuras dentro, pero pude ver la silueta sombría de la linterna en el mostrador.

Ella estaba allí en las sombras, su rostro no visible, pero la delgada franja de luz de la ventana mostraba cómo movía nerviosamente las piernas juntas.

— ¿Todo bien?

Se me erizó el vello de la nuca cuando no respondió, y casi esperaba que se lanzara hacia mí como si esto fuera el comienzo de una mala película de apocalipsis zombie.

— No te hice daño, ¿verdad? — Susurré, recordando lo brusco que había sido con ella una vez que llegamos a la cabaña.

— No. — Su voz era suave, pero había algo en ella que me hizo sentarme más recto y tirar de la esquina de la manta sobre mis piernas.

Antes de que ella diera un solo paso, supe que mi vida iba a cambiar para siempre a partir de ese momento.

— Parece peor de lo que es.

La culpa me invadió cuando dio un paso hacia el rayo de luz, rasguños de un rojo rosado subiendo por sus espinillas y deslizándose por sus rodillas. Otro paso y sus muñecas eran visibles, marcas enojadas estropeando su piel.

Estaba tan ocupado catalogando cada nueva marca que me sorprendió cuando su rostro apareció en mi vista.

— ¡Santo cielo! — Grité, alejándome de ella, subiendo por el colchón, tirando de la colcha sobre mi entrepierna. Hubiera sido comprensible que mi erección matutina se desvaneciera al ver a la mejor amiga de mi hermana pequeña parada allí con nada más que una camiseta desgastada, pero me desafiaba bajo la tela mientras me estaba volviendo loco. — ¿Qué demonios estás haciendo aquí? ¿Tú y Hazel nos siguieron hasta aquí anoche? ¿Por qué estás en mi baño?

Se detuvo, con la boca abierta, mi traicionero pene prácticamente saludándola desde debajo de las sábanas. Esto era malo. Esto fue tan jodidamente malo.

— Creo que sabes quién me trajo aquí — dijo en voz baja, pero mis ojos aún se abrieron al ver cómo la esquina de su boca se curvaba hacia arriba. Había visto esa sonrisa burlona dirigida a mí innumerables veces a través de una barra desgastada, pero nunca mientras ella solo llevaba mi camisa, cubierta de moretones que yo había dejado en su piel en un momento de pasión tan intensa que temía haberlo imaginado.

— ¿Por qué no llevas más ropa? — Grité, sabiendo que su disfraz ligero estaba actualmente en un montón en el suelo junto a mi cama y en el suelo de la cocina donde yo había...

— Porque tu camisa era lo más fácil de agarrar para mí.

— ¡Ve a buscar algo de maldita ropa, Char! Por el amor de Dios. ¡No te quedes ahí medio desnuda!

Su pecho tembló mientras me veía luchar por tirar de las mantas para cubrir más de mi cuerpo desnudo. Intenté no mirarla con lujuria, pero se veía tan sensual allí de pie con el cabello suelto en ondas rubias caóticas, teñidas con puntas de tinte azul verdoso.

— ¿Pensé que tu cabello era malditamente morado?

Se inclinó hacia adelante mientras soltaba una risa, y me tapé los ojos con la mano cuando vi sus tetas desnudas a través del escote de mi camiseta de cuello en V.

— ¡Ve! — Grité, señalando a ciegas en dirección a la puerta. — Ve a buscar algo para cubrirte. Estás prácticamente desnuda. ¡Joder!

— No tengo nada más que mi disfraz para ponerme — respondió, su voz tranquila, pero podía notar que se estaba divirtiendo con mi pánico.

— Hazel tiene cosas en su habitación. Demonios, ve a buscar algo de mamá y póntelo. Cuanta más piel cubierta, mejor.

— Como dijiste — bromeó. — Ya lo has visto todo antes.

— Por el amor de Dios, Charley. Ahora no es el momento para hacer chistes. Solo ve. Te veré en la cocina.

Una vez que me haya calmado lo suficiente.

Bajé la mano y la vi apresurarse hacia la puerta, mi camisa subiendo por la parte trasera de sus muslos, un moretón con la forma de mis dientes asomando por la parte inferior. Me costó mucho autocontrol no seguirla. No para empotrarla contra la pared y exigirle respuestas. Pero no podía estar en la misma maldita habitación con ella en este momento.

Una vez que escuché la puerta al final del pasillo cerrarse, arranqué las cobijas, mis dedos se flexionaron mientras intentaba ignorar el problema que no había disminuido por debajo de mi cintura.

Debería haberme preocupado por haberme acostado claramente con la mejor amiga de mi hermana pequeña y luego pasar la noche envuelto en su cuerpo desnudo por culpa de Vivienne, pero honestamente esa no era la razón por la que estaba tan desconcertado.

Y debería haberme sentido culpable, pero no lo hice. Porque, al final, había ido a esa fiesta como un hombre soltero. Y había cortejado a una mujer hermosa. Una mujer hermosa a la que probablemente nunca debí haber tocado. Pero ahora que lo había hecho...

No estaba seguro de si alguna vez podría mirarla de la misma manera otra vez. Y no estaba seguro de si quería hacerlo.

Charley había estado en mi vida de manera intermitente durante más de una década. Era la mejor amiga de mi hermana pequeña. No debería saber cómo se veía con sus labios alrededor de mi polla.

No debería saber cómo sonaban los gemidos sexys que no podía contener mientras follaba su coño con mis dedos. No debería saber cómo se siente tener sus tetas en mis manos y sus pezones duros entre mis dedos y presionando contra mi lengua.

No debería saber cómo se siente deslizarse dentro de su cuerpo y saber que nunca, jamás, se había sentido tan bien estar dentro de una mujer.

Y seguro que no debería saber que había una parte profunda, hambrienta y primal de mí mismo que quería hacerlo todo otra vez.

Mi polla se puso rígida al entrar al baño, y le lancé una mirada fulminante.

— Esto es tu culpa.

La linterna de emergencia proyectaba sombras ominosas por toda la pequeña habitación, el espejo aún cubierto por la condensación que se había acumulado mientras Charley estaba en la ducha. Desnuda. Mojada. Pasando sus dedos sobre las marcas que había dejado en su cuerpo porque había anhelado ver un recordatorio fugaz de lo que se sentía tocarla anoche, como algunos anhelan el subidón de una droga.

— Joder — maldije mientras usaba la palma de mi mano para limpiar el espejo, mirando mi rostro.

Mientras mi mente se sentía abrumada, mi rostro lucía relajado, las bolsas que usualmente estaban oscuras debajo de mis ojos se suavizaron y mis ojos se veían más brillantes de lo que los había visto en meses.

Pasándome la mano por el cabello desordenado, traté de resistir la tentación de girar. Pero fallé, observando las largas marcas de sus uñas que cubrían mi parte baja de la espalda. Y también fallé en bloquear la forma en que se había sentido tener sus manos sobre mí, tener sus labios sobre mí, estaba tan hambrienta de mí como yo lo estaba de ella.

Ese tipo de atracción salvaje era rara, y si soy completamente honesto conmigo mismo. Nunca lo había sentido antes... Hasta anoche.

Incluso cuando la había atraído hacia mí en la pista de baile, sentí la chispa eléctrica, y se había intensificado exponencialmente con cada toque hasta que llené el condón, que afortunadamente me había puesto anoche, con mi semen.

No es que no confiara en Charley, pero lo último que necesitaba en este momento era secuestrar accidentalmente a la mejor amiga de mi hermana y luego embarazarla.

Aunque quería poner el agua lo suficientemente caliente como para escaldar mi piel, me conformé con una temperatura más templada, sabiendo que necesitaba conservar la cantidad de electricidad que el calentador de agua usaba del generador.

Cerrando los ojos bajo el chorro de agua, imágenes involuntarias de anoche pasaron por mi mente. Y cuanto más recordaba, más me daba cuenta de que debería haber sabido desde el principio que era Charley a quien estaba tocando.

Tal vez alguna parte oculta de mí lo sabía y lo había hecho de todos modos. Tal vez la atracción que le había negado a Reid era real. Tal vez la había estado observando sin saberlo durante meses, deseando tocarla. Quizás esta atracción había comenzado la primera vez que escuché el chirrido de la cama que alguna vez fue mía en la habitación sobre mi oficina. Y tal vez ardí de celos cuando escuché a otro hombre sacarle gemidos.

Sabiendo que tenía que terminar y enfrentar a Charley, con quien iba a estar atrapado los próximos días, me lavé el cuerpo rápidamente, evitando la parte de mí que palpitaba.

Pero el atractivo era demasiado grande, y me masturbé con una desesperación que no podía controlar. Y cuando me corrí, fue con el pensamiento de que antes de irnos, quería correrme dentro de ella otra vez, quería que fuera sin protección, y quería mirarla a los ojos cuando sucediera, sabiendo que era ella.

La culpa me consumía mientras me secaba, creciendo aún más al abrir los cajones de mi cómoda, maldiciendo cuando me di cuenta de que no había reemplazado la ropa en ellos desde que estaba en la secundaria. Después de rebuscar en los cajones, me di cuenta de que no había nada que me quedara bien, excepto un par de pantalones de pijama de franela.

Sabiendo que había tardado lo suficiente, recogí la ropa arrugada del suelo junto a mi cama y me dirigí a la lavandería, lanzando la ropa de Charley a la lavadora. Pasé por el dormitorio de Hazel mientras bajaba por el pasillo, buscando mi camisa en el suelo, pero tenía la sensación de que Charley todavía la llevaba puesta.

Mi sospecha se confirmó cuando me detuve en la puerta de la cocina abierta, viéndola dar la vuelta a una tortita en la plancha que cubría la estufa de gas. Una olla llena de café estaba en la encimera junto a ella con dos tazas, y ya tenía un plato lleno de bacon.

— ¿Quieres chispas de chocolate? — preguntó, sin mirarme. Me preguntaba si ella sentía la misma sensación cada vez que estaba cerca, como había notado en los últimos meses.

— No compré de eso — respondí, apoyándome en el marco de la puerta para observarla trabajar.

Se giró en mi dirección, guiñándome el ojo de manera provocativa. — Yo me sé un escondite secreto.

Sus ojos se posaron en mi pecho desnudo, deteniéndose de una manera que sabía que me excitaría si no tenía cuidado. — Pensé que necesitábamos vestirnos. Caminar sin camisa, claramente sin ropa interior, no parece lograr ese objetivo, Hudson.

— Las únicas camisetas en mis cajones son demasiado ajustadas. Y no estaba precisamente de humor para una sudadera fea. — Estaba evitando la ropa interior que faltaba, porque me la había arrancado después de ponérmela, decidiendo que si ella no necesitaba usar ninguna, yo tampoco.

— Ambos sabemos que te lo habrías puesto si estuvieras tan decidido a esconderte de mí.

Cambiando de tema antes de que necesitara ocultarle algo más, crucé los brazos sobre el pecho.

— No tenías que cocinar para mí. — Y ahora me sentía culpable de no haber pensado en alimentarla. Era lo mínimo que podía hacer después de lo que le hice pasar anoche. Pero no había dormido tan profundamente en años.

— Ambos necesitamos comer. Me pareció egoísta hacerme algo solo a mí. Y yo quería hacerlo. — Desvió la mirada de nuevo hacia las tortitas, pero no podía disimular el rubor en sus mejillas.

— Lo siento. — Mi voz era baja, pero sabía que me escuchó cuando su cuerpo se tensó, sus manos cayeron para agarrar el borde del mostrador.

— No tienes nada de qué disculparte.

A la luz brillante del sol que entraba por las ventanas que daban al bosque detrás de la cabaña, examiné su cuerpo, cada nueva marca visible sumando a mi culpa. — Te hice daño.

Charley ignoró mi comentario mientras transfería las tortitas a un plato, apagaba el fuego, golpeaba la espátula contra la encimera y se giraba hacia mí con una mirada fulminante.

— Vamos a sacar esto del camino ahora. Soy yo quien debería disculparse por lo que pasó. Y no me arrepiento de ninguna marca que me dejaste anoche. Así que, necesitas dejar de ponerte nervioso por esto porque no quiero pasar todo el fin de semana contigo pidiéndome disculpas cuando no hiciste nada malo.

— Mierda. Por supuesto que me siento mal, Char, agredí a la mejor amiga de mi hermana pequeña.

Ella extendió la mano hacia los platos que estaban en la esquina de la mesa de la cocina y mis ojos se abrieron de par en par al notar el envoltorio del condón y las bridas rotas en el centro de la mesa.

Alcanzando más allá de ella para agarrar la evidencia incriminatoria, la apreté en mi puño, el plástico mordiendo mi palma como debió morder la frágil piel de sus muñecas.

Ella puso su mano en mi hombro desnudo, su toque me quemaba. — Hudson. Para. No me agrediste.

— Pero lo hice. Pensé que tú eras... — Mi voz se cortó abruptamente, y bajé la voz, girándome en su dirección. — Pero tú no eras, y nunca te pedí consentimiento ni...

— ¿De verdad crees que me habría metido en el bosque detrás del bar y dejaría que cualquiera me persiguiera? — preguntó, sus dedos permaneciendo en mi piel antes de retirar su mano.

— Pero no sabías que era yo. Y ahora Hazel va a pensar que alguien te secuestró y va a llamar a la policía. Entonces me van a arrestar y...

— Tómate un maldito respiro, Hudson. Hazel sabe que estoy contigo. Le envié un mensaje anoche cuando volviste al bar. Vi la máscara en la mochila en tu escritorio cuando dejé mis propinas. Desde el principio supe que eras tú. Y no es como si los tatuajes en tus manos no hubieran sido una pista evidente.

— ¿Sabías que era yo? — Una parte de mí se sintió aliviada, de que no hubiera sido tan ingenua como para ponerse en una situación potencialmente peligrosa así. Pero la otra parte de mí estaba atónita. ¿Por qué no había dicho nada?

— Obvio. Eso es lo que acabo de decir. — Su sonrisa burlona no debería haber acelerado el pulso, pero lo hizo.

— ¿Y no me detuviste?

Suspiró mientras miraba hacia abajo, su pecho subiendo y bajando debajo de mi camisa antes de volver a mirarme.

— No, al principio me sorprendí un poco, pero también me excitó mucho cuando empezaste a susurrarme al oído.

La excitación inundó mi sistema, mi mente yendo de inmediato a una fantasía donde la agarraba por la cintura y la levantaba sobre la mesa que ya habíamos profanado, despojándola de cada prenda de ropa...

— ¿Te excitó? — Esa era la parte que me desconcertaba. Aunque había tenido pensamientos inapropiados fugaces con ella, nunca imaginé que ella estaría experimentando lo mismo.

— No fue la primera vez. Y con suerte no será la última.

— Espera, ¿qué? ¿Te he excitado antes? ¿Cuándo?

— Vas a necesitar conseguirme un bloc de notas. Es una lista bastante larga — bromeó, dándose la vuelta y sirviendo la comida que había preparado. Me extendió un plato en mi dirección como si me hubiera dado el pronóstico del tiempo y no como si la última noche no hubiera sido la primera vez que la excitaba.

Simplemente me quedé allí atónito, negándome a mirarla de frente porque sabía que el descontrolado apéndice en mis pantalones me delataría. — ¿Qué?

— Toma esto, y vamos a sentarnos. — Sus ojos se detuvieron en la silla a la que la había atado con bridas la noche anterior, mi polla se estremeció al recordar. — En uno de los sofás. No creo que mi trasero quisiera que me sentara en una de esas sillas.

Cuando no me moví, ella se rió, empujando el borde de mi plato contra mi pecho. — Vamos.

Su hombro rozó mi pecho mientras me rodeaba para salir por la puerta, y de repente tuve el impulso de lanzarme a la nieve fuera de la puerta trasera. Porque estaba tan duro que temía que mi polla nunca se bajara.

Capítulo
Dieciséis

Charley

MIS MANOS TEMBLABAN DE nervios mientras llevaba mi desayuno al gran salón, colocándolo en la mesa frente a la chimenea. Seriamente necesitaba sentarme antes de derramar café por todos lados.

Santo cielo.

Sabía que esta mañana cambiaría las cosas, pero no esperaba sentirme tan malditamente ansiosa en presencia de Hudson. Y desconcertada por el calor en sus ojos después de que confesara que la noche anterior no fue la primera vez que me excité. Tenía que saber lo atractivo que era. Las mujeres siempre le coqueteaban. Pero era tan malditamente leal que dudaba que hubiera mirado a otra mujer en cuatro años.

Antes de que pudiera volver a alterarme, con un sentido de culpa mal dirigido hacia Viv, Hudson se sentó en el sofá a mi lado.

— ¿Hablabas en serio ahí dentro? — preguntó, recostándose en la esquina del sofá. Llevó casualmente su taza a los labios, tomando un sorbo. Cuando no le respondí, levantó una ceja y luché contra el impulso de subirme a su regazo.

El hombre era como catnip, y mi gata interior se sentía particularmente salvaje esta mañana.

Decidiendo que tal vez era mejor sacar mis sentimientos a la luz, dejé salir todos los pensamientos que había mantenido dentro durante mucho tiempo en un nervioso monólogo.

— Eres realmente increíblemente atractivo. Y solías pasar la mitad del verano sin camiseta. Pero no es por eso que me excitas. Eres un buen partido. Como que no puedo creer lo increíble que eres a veces por todas las tonterías que tú y Reid hicieron en la secundaria. Pero el cambio en tu personalidad después de la universidad, pese a tu horrible gusto en novias, fue bastante jodidamente inesperado. Intenté odiarte. Quería odiarte, pero lo hiciste realmente jodidamente difícil. ¿Honestamente no te diste cuenta de que me gustabas?

— No.

— Hombres. — Su profunda risa después de que puse los ojos en blanco me hizo sentir cálida por dentro.

Y ahora me estaba mirando con una expresión atónita en su cara realmente jodidamente atractiva, lo que me hizo soltar una ráfaga de diarrea verbal que no podía parar.

— Realmente no tienes idea de lo amable que eres. Al mirarte, esperarías a algún imbécil engreído y tatuado que pensara que su mierda no olía, pero no eres así. Eres humilde y admites cuando te equivocas. Siempre intentas ver lo mejor en las personas, o al menos esa es la única maldita razón que se me ocurre para explicar por qué dejaste que esa mujer vampiro emocional te manipulase durante cuatro años.

— No era tan mala al principio... — dijo en voz baja, pero la mirada que le lancé en respuesta le hizo cerrar la boca.

— Sí, lo era. Nunca viste el lado desagradable de su personalidad que solo dirigía hacia Hazel y hacia mí. Pero te perdonaré un error que cometiste cuando tenías veintiséis años, impulsado por las hormonas. Al igual que espero que me perdones por no haberte dicho quién era anoche mientras estábamos en la pista de baile. Debería haber dicho algo, pero no lo hice.

Hudson se giró, colocando su café sobre la mesa y apoyando los antebrazos en los muslos.

Mis dedos picaban con la necesidad de tocarlo, pero solo lo observé mientras procesaba todo lo que le acababa de decir.

Fue... Demasiado.

— ¿Cuánto tiempo?

Si no estuviera prestando atención a cada uno de sus movimientos, podría haberme perdido la pregunta susurrada. Hasta este punto, había sido vergonzosamente honesta con él, pero confesar cuánto tiempo había sido el estándar con el que juzgaba a todos los demás hombres sacó a relucir el sarcasmo nervioso.

— Bueno, por lo que recuerdo de anoche, fue un siete bastante sólido, tal vez incluso un ocho, pero quizás necesites dejarme revisarlo de nuevo.

— No mi polla, joder, Charley — gruñó. — ¿Cuánto tiempo has estado enamorada de mí?

— Te conocí cuando tenía diez años. — Se congeló, girando lentamente la cabeza en mi dirección, y de repente quise arriesgarme a sobrevivir en la nieve afuera cuando vi la expresión de pánico en su rostro.

— Dios mío. Soy un maldito pervertido. Me acosté con... — susurró, pero lo interrumpí antes de que pudiera empezar la espiral de pánico.

— Hudson, tengo veinticinco años. Ya no soy una niña preadolescente con una fascinación infantil. — Asintió, pero sus manos seguían apretadas en puños. — No voy a disculparme porque me gustes. Ahora sabes que creo que eres increíblemente asombante. Y ahora que Viv ya no está contigo...

Se veía abatido cuando finalmente dije su nombre.— Pensé que eras ella.

Asintiendo, me mordí el labio y susurré la pregunta que había estado acumulándose en mi cabeza desde anoche. — ¿Pero de verdad pensaste que era ella?

— Yo, eh... — tartamudeó, pero sabía que mi corazonada era correcta, y seguí insistiendo.

— Ustedes han estado juntos por más de cuatro años. ¿Alguna vez te sentiste así con ella?

Sí, o algo así. Tu ex era una perra egoísta que nunca fue amable contigo. Y sabías en el momento en que metiste la mano en mis pantalones cortos que no era ella. Probablemente ya lo sabías antes, mientras tenía mis labios alrededor de tu polla.

Se frotó las manos sobre la cara antes de sacudir la cabeza. — Pensé que tal vez era la adrenalina o algo así.

— Sí, o algo así. Tu ex era una perra egoísta que nunca fue amable contigo. Y sabías en el momento en que metiste tu mano en mis pantalones cortos que yo no era ella. Probablemente lo supiste antes, mientras tenía mis labios envueltos alrededor de tu polla.

— Yo... — se quedó en silencio, pero a juzgar por la profunda exhalación que soltó, estaba llegando a la misma realización que yo. Sabía en el fondo que estaba con otra persona, pero una vez que sintió esa primera emoción de la persecución, siguió adelante.

— Estoy dispuesta a apostar que ella tampoco se arrodilló así por ti.

— Eso es... ¿Realmente es asunto tuyo?

— No, pero el hecho de que no lo estés negando es suficiente confirmación para mí. Sabías que no era ella antes de follarme. Y lo hiciste de todos modos.

Y no iba a dejar que se convenciera de no disfrutarlo. Anhelaba la intensidad del sexo tanto como yo.

— Y estoy dispuesto a apostar que ella nunca te habría dejado marcarla así. — Le agarré la mano, tirando de ella hacia mí y colocándola sobre el moretón que cubría mi muslo.

Su pulgar trazó la piel marcada, y supe que su hermana nunca volvería a usar estos pantalones cortos. Porque su toque suave me estaba haciendo arruinarlos ya que todavía no llevaba ropa interior.

Con mi otra mano, giré su rostro hacia mí. Sus ojos siguieron mis dedos mientras bajaba suavemente el escote de su camisa, mostrándole la marca de mordida en mi cuello.

Extendió la mano, trazando con la yema del dedo el moretón que se estaba formando.

— La noche pasada fue... Nunca he hecho nada como eso antes. Lo siento si te hice daño.

— No necesitas disculparte. No es para tanto.

Él sacudió la cabeza, envolviendo su cálida palma alrededor de la parte posterior de mi cuello y acercando su frente a la mía.— Para mí lo es. Nunca fue mi intención hacerte daño.

Cerrando los ojos y respirando su perfume por un momento, bajé la voz y le aseguré que todo estaba bien entre nosotros. O al menos eso esperaba. — Hudson, prácticamente te estaba suplicando que lo hicieras. Está bien que nos dejáramos llevar un poco cuando follamos. Si hubiera querido detenerte, lo habría hecho.

— Deberías haberlo hecho.

— ¿Porque piensas que no debería querer también?

Sacudió la cabeza, su cálido aliento recorriendo mis labios. Estaba tan cerca, pero no me atreví a moverme por miedo a que se alejara de mí por completo.

— Porque te quiero. — Sus dedos se apretaron en la parte posterior de mi cuello, su pulgar trazando la piel tierna en el lado de mi cuello donde me había marcado. — Y no creo que pueda detenerme. Y ahora no sé que hacer.

Mi corazón latía con fuerza mientras me sostenía allí. Y esperaba que se permitiera sentir la intensidad de la conexión entre nosotros.

— Entonces no te detengas, maldita sea.

Capítulo Diecisiete

Hudson

— Por favor, deja de maldecir, Charley — supliqué, mi cara girándose hacia un lado, nuestras narices rozándose entre sí.

— ¿Por qué? ¿Te pone duro cuando digo joder? — bromeó, su voz apenas un susurro.

No tenía ni idea. Mi cabeza había estado en un caos desde que me dijo que sabía cómo follar mientras se inclinaba sobre mi escritorio ayer. Había desbloqueado una parte oculta de mí mismo que no me había dado cuenta que estaba ahí. Una parte que la veía como más que solo la mejor amiga de mi hermana pequeña.

Mis dedos se movieron y tuve que obligarme a no presionar más fuerte. Ella no tenía idea de cuánto me costaba resistir mi atracción hacia ella. Ahora que la caja de pandora se había abierto...

— Dame un momento para pensar, Char.

Tenía la audacia de reírse, y tuve que reprimir el impulso físico que tenía de arrastrarla a mi regazo y hacerle cosas traviesas y depravadas ahora que sabía cuánto le gustaban.

Necesitábamos hablar. Y no habría conversación si se quedaba tan cerca de mí por mucho más tiempo.

— ¿Estás realmente enfadado, Hud — La esquina de mi boca se torció con la versión abreviada de mi nombre que ella sabía que odiaba. — ¿Me vas a dar una nalgada?

Toda la sangre del resto de mi cuerpo se precipitó hacia mi descontrolada polla, y hundí mis dedos en los lados de su cuello. Mi demonio interno, primitivo y cachondo, salió a rasguños de los rincones de mi mente donde lo había empujado anoche cuando envolví mis brazos alrededor de su suave y desnudo cuerpo antes de que nos quedáramos dormidos en el sueño más pacífico que había tenido en años.

— En realidad sí — gruñí. — Ven aquí.

Esa maldita risa volvió, y se inclinó hacia adelante, nuestros labios a centímetros de rozarse. Se lamió los labios, la punta de su lengua rozando la mía.

Aflojando mi agarre en su cuello, me incliné, esperando que mis labios finalmente capturaran los suyos. Pero eso no fue lo que pasó.

Se agachó, deslizandose fuera del sofá y gateando por la alfombra antes de levantarse.

— Tienes que atraparme primero.

Un gemido retumbante se formó en mi pecho. Esta chica quería que la persiguiera con la erección más grande de mi vida, cuando hace unos segundos pensé que finalmente íbamos a besarnos.

Un beso que nunca esperé desear tanto, pero que ahora anhelaba con fervor.

Quería tirar de su labio inferior carnoso con mis dientes, magullarle los labios, empotrarla contra una pared y devorar su boca...

— Mierda. — Cuando mis ojos volvieron a enfocar, ella ya no estaba. Pero de mi búsqueda de ella anoche en una cabaña en la que había pasado la mitad de mi vida, sabía que solo había algunos lugares para esconderse. Tomándome un minuto para calmarme, respiré por la nariz, soltando el aire lentamente por la boca. Esta pequeña tentadora me iba a dar presión alta a los treinta años.

Charley estaba descalza, vistiendo solo mi camiseta y un par de diminutos pantalones cortos deportivos. Seguramente, no era lo suficientemente loca como para salir corriendo a la nieve, pero cuando escuché la puerta trasera cerrarse de golpe, mis ojos se abrieron de par en par. Corrí por el pasillo, maldiciendo al ver que faltaba un par de botas y una considerable acumulación de nieve en la alfombra que conducía desde el pasillo hasta el cuarto de barro junto a la puerta trasera abierta.

Cuando estuve lo suficientemente cerca como para ver más allá de la puerta, noté profundas huellas marcadas en la nieve fuera de la puerta, que llevaban alrededor de la esquina de la casa.

— ¡Te vas a congelar ahí afuera, joder! — Grité, arrancando mi abrigo del gancho y abrochándolo para cubrir mi pecho desnudo. Me metí los pies en un par de botas y salí corriendo tras ella.

— ¡Entonces sera mejor que me atrapes! — gritó de vuelta, pero no sonaba tan lejos cuando salí a la nieve.

— ¡Estás completamente loca, Charley!

Sus risitas traviesas eran lo único que podía escuchar mientras avanzaba a través de la nieve, girando la esquina justo a tiempo para verla deslizarse por la siguiente esquina de la casa, su cabello rubio al menos cubierto por uno de mis gorros de lana. Un abrigo negro de gran tamaño ahogaba su figura delgada. Mi abrigo.

Al menos no fue totalmente imprudente porque realmente la estaría castigando por salir corriendo a la nieve con apenas algo que la cubriera. Si se le congelaban las extremidades, no podría seguir haciendo todas las cosas pecaminosas que quería hacerle.

Cuando doblé la esquina para seguir sus huellas hacia el porche delantero, no tuve tiempo de reaccionar antes de que un puñado de nieve mojada me golpeara en la cara.

— Ahora estás en un maldito lío — gruñí, acelerando el paso lo suficiente como para agarrarla por la cintura cuando pisó el escalón de concreto.

— ¡Eso espero! — se rió, agitandose entre mis brazos.

— Me vas a dar en los malditos huevos — gemí mientras me daba una patada con sus botas de nieve en la espinilla. Tal vez fue una venganza por lo brusco que fui con ella anoche, y quería dejar algunas marcas propias.

Dejó de luchar, mirándome por encima del hombro. — Bueno, no queremos eso. Tengo planes para eso.

No pude contener la risa, depositándola de nuevo en el suelo y girándola para que me mirara. Ella saltó y yo agarré la parte trasera de sus muslos mientras ella envolvía sus piernas desnudas alrededor de mi cintura.

— Mi polla va a estar jodidamente congelada a este ritmo.

Ella me acarició la mejilla mientras la empujaba contra la puerta de madera, presionándola contra ella, un escalofrío enfermo recorriéndome cuando sus ojos se abrieron de par en par al darse cuenta de lo fría que estaba. — Entonces tal vez necesitamos hacer algo para calentarla.

— Te gustaría eso, ¿verdad?

— Me gusta un poco la idea, sí. Pero no lo vi muy bien en la oscuridad anoche. No estaba bromeando cuando dije que necesitaba verlo mejor. Puede que no sea tan impresionante como pensaba.

Entrecerrando los ojos, la presioné más contra la puerta, mi pecho retumbando. — No le impidió que te ahogara anoche ni te detuvo de correrte por completo una vez que finalmente entré en esa apretada, húmeda y desnuda vagina.

Sus ojos se abrieron de par en par, una sonrisa se dibujó en sus labios. — Eres más sucio de lo que pensé que serías.

— Podría decir lo mismo.

— ¿Pensaste en mí? — preguntó, de repente luciendo vulnerable.

Decidiendo ser honesto con ella, ser honesto conmigo mismo. — Cada maldito momento que escuchaba tu cabecera golpeando contra la pared cuando intentaba concentrarme en la nómina o en los pedidos de suministros. Quería ser yo quien te hiciera gemir así. Aunque no estuviera bien.

— Nada te detiene ahora — susurró, inclinándose más cerca.

Nuestro aliento empañado se mezcló en el espacio entre nosotros, su mirada más suave de lo que esperaba. Tenía razón. No había ninguna razón por la que no pudiéramos tener esto. En este momento. Ahora mismo. Podríamos abrazar esta atracción loca, probablemente incendiaria, y simplemente dejar que este fin de semana se desarrolle de manera natural.

— No quiero que te arrepientas de esto una vez que ya no estés atrapado aquí conmigo.

— Hudson — murmuró, inclinándose hacia adelante hasta que sus labios rozaron los míos. — Nunca podría arrepentirme de ti. Incluso si todo esto se me vuelve en contra.

— Pensé que te gustaba esa parte — le dije en tono de broma, apenas rozando mis labios con los suyos en un susurro de beso.

— Me gusta, tanto...

No podría decirte cuál de los dos cerró la distancia primero, pero pronto ambos estábamos jadeando contra los labios del otro entre besos voraces. Sus dientes tiraron de mi labio de una manera que hizo que mi polla latiera dentro de mis endebles pantalones de pijama a pesar de las temperaturas gélidas.

— ¿Por qué esperamos tanto para hacer esto? — preguntó, jadeando mientras yo dejaba besos y mordiscos a lo largo de su cuello.

— Porque soy un maldito idiota — gruñí, retrocediendo y tecleando apresuradamente el código en la cerradura de la puerta. Era una dura realidad que había perdido tanto tiempo con la mujer equivocada, pero no iba a perder más.

Ella bajó de un tirón la cremallera de mi abrigo, rasguñando mi pecho con sus uñas mientras entraba, cerrando la puerta de golpe y presionándola contra el fondo de esta.

— Desnudo — gimió mientras yo le chupaba la clavícula, dejando otra marca tenue en su delicada piel debajo de la que había dejado anoche mientras estaba dentro de ella. — Te quiero desnudo.

— Joder — gemí, apartándome de ella para bajar la cremallera del viejo abrigo mío que la cubría. Ambos lo deslizamos de sus hombros, dejándolo caer al suelo junto con el que yo había estado usando a nuestros pies.

Ella jadeó mientras mis dedos fríos se deslizaban debajo de la camiseta, levantándola. Sus tetas se veían aún mejor cuando podía verlas, y no estaba bromeando cuando le dije que quería follarlas. Pero en este momento, quería follarla a ella más.

Sumergiéndome una vez que la camisa había sido lanzada a algún lugar detrás de mí, mordí y chupé su piel. Sus dedos tiraban de mi cabello, y yo gemía mientras ella alternaba entre intentar arrancarlo de raíz y usarlo de palanca para empujar mi cara contra su pecho.

— Deja de provocarme — gruñí, alejando su mano de mí y presionándola contra la puerta por encima de su cabeza mientras equilibraba su peso con mi otro brazo.

— Pero es tan divertido... Hud. ¿Y por qué tú puedes maldecir y yo no? No soy una niña, como claramente has notado. También puedo usar malas palabras.

Oh, ahora quería hablar de esto. Ella fue la que me había puesto de los nervios haciéndome perseguirla por toda la casa y en la maldita nieve fría. Y ahora quería hablar.

— ¿Todo esto es una broma para ti, verdad?

Intentó contener una risa, pero fracasó, y yo gruñí, haciendo que sus ojos se iluminaran.

— Me estás volviendo jodidamente loco. ¿Quieres que te folle ahora mismo o prefieres hablar de por qué me dan ganas de darte una nalgada cada vez que escucho una palabrota salir de esos labios tan carnosos?

Se mordió el borde del labio, encogiéndose de hombros. La tenía literalmente contra la puerta principal con sus increíbles tetas en mi cara y no me dejaba disfrutar de mi tiempo con ellas. Ahora que podía verlas a la luz del día, quería zambullirme y no salir a la superficie nunca.

— ¿Realmente quieres que te dé otra nalgada, verdad?

Asintió, con un brillo travieso en los ojos. La diablita sabía que al retrasar mi gratificación me estaba provocando. Haciéndome desesperar por ella.

— ¿Te tomó tanto tiempo darte cuenta, *papi*?

Su susurro entrecortado no debería haberme puesto aún más duro, pero no me estaba llamando así. Me sentía lo suficientemente culpable por aprovecharme de alguien que era cinco años y medio más joven que yo. Preferiría que estuviera gritando mi verdadero nombre.

— No me llames así. El único nombre que salga de tu boca mejor sea el mío.

Ella sacudió la cabeza, moviendo las caderas hacia adelante de una manera que me hizo entrecerrar los ojos. Todo lo que me impedía embestirla era un par de pantalones cortos endebles y una delgada capa de franela.

— ¿Por qué sigues complicando las cosas?

— Hmm — murmuró, balanceándose contra mí otra vez. — Se siente bastante duro ahora mismo.

— Charley. — Gruñí. Sabiendo que lo que estaba a punto de hacer era imprudente. — Detenme si no quieres esto. Una palabra y me detengo.

Ella asintió, así que continué.

— ¿Estás usando anticonceptivos? — Sus ojos se abrieron de par en par, pero sabía que no era porque tuviera miedo cuando una sonrisa maliciosa se dibujó en sus labios hinchados por los besos.

— Sí.

Un susurro silencioso fue todo lo que necesitó para que mi control se rompiera, y aplasté mis labios contra los suyos mientras tiraba de mis pantalones de pijama, liberando mi polla.

Ella gemía mientras tiraba de sus pantalones cortos, gruñendo cuando me di cuenta de que tendría que soltarla para quitárselos. Bajándola a sus pies, la giré hacia la puerta, presionando sus palmas contra la madera antes de tirar del cinturón de sus pantalones cortos, sintiendo un escalofrío recorrerme mientras el material se rasgaba. Dejé caer los pantalones cortos destrozados por sus piernas, agarrando un puñado de su trasero mientras presionaba mi pecho contra su espalda.

— Nunca he follado a nadie sin protección antes — le susurré al oído antes de inclinarme, frotando la punta de mi nariz sobre su marca de mordida, disfrutando de la forma en que se estremecía contra mí.

— Yo tampoco — suspiró, presionando su trasero contra mi entrepierna.

— Quiero ver mi semen correr por tus muslos después de que terminemos.

— Oh Dios. — Charley se arqueó contra mí, y aproveché la oportunidad para agarrar sus pechos con mis manos, pellizcando bruscamente sus pezones antes de que una de mis manos explorara más abajo.

— Quiero follarte sin protección durante los próximos dos días y saber que soy el único que te ha tenido así. ¿Es eso lo que quieres de mí?

— Sí — jadeó, sacando una de sus manos de la puerta y clavando sus uñas en la parte delantera de mi muslo. — Hazlo.

Moviendo mis caderas hacia atrás, me guié entre sus piernas, gimiendo contra la parte trasera de su cuello cuando sentí lo mojada que estaba. Probablemente esta era una idea terrible, pero confiaba en ella, y no tenía el autocontrol para detenerme.

— Joder — exhalé en su cabello mientras me adentraba, su gemido entrecortado activando la parte de mi cerebro que no sabía que existía antes de ella.

Mis manos agarraron sus caderas con suficiente fuerza como para saber que dejaría más marcas al alejarme y empujar de nuevo con fuerza, observando cómo sus dedos se aferraban a la puerta de madera con desesperación.

— Me vuelves loco, Char. Nunca me he sentido tan fuera de control como cuando estoy dentro de ti.

— Me siento igual — jadeó, presionando contra cada uno de mis brutales embistes.

Usando mis botas para abrir más las suyas, doblé las rodillas y me lancé hacia ella en un acto de desesperación por conectarme con ella de una manera que no había logrado con nadie antes.

Metiendo mi cara en su cuello, la abracé, agarrando uno de sus pechos con mi mano, trazando lentamente mi otra mano por la piel suave de su abdomen hasta donde estábamos unidos.

El ruido que hizo cuando rozé su clítoris me hizo apretar la mandíbula, resistiendo el impulso de hundir mis dientes en su piel suave.

— Mierda — gemí, cerrando los ojos cuando ella comenzó a moverse con cada uno de mis embistes, persiguiendo el orgasmo que yo quería darle desesperadamente. — Quiero sentir como te corres sobre mí con tantas ganas.

Ella soltó un gemido entrecortado, arqueándose contra mí, sus piernas temblando mientras finalmente se entregaba, apretando mi polla mientras llegaba al clímax.

Sabiendo que le gustaba rudo, me eché hacia atrás, agarrando su cintura con una mano para anclarla mientras bajaba mi otra palma contra su trasero.

Ella gritó cuando lo hice de nuevo, y yo observé con una fascinación enferma mientras cada golpe dejaba una impresión roja de mi palma en su piel clara.

Cuando su frente golpeó la puerta frente a ella, su espalda arqueándose y un rubor cubriendo la piel de su cuello mientras se dejaba llevar de nuevo, ya no pude contenerme más. Usando sus caderas como palanca, la follé brutalmente, usándola para llevarme al borde, pulsando dentro de su cuerpo tembloroso.

Mi pecho subía y bajaba mientras la envolvía con mis brazos, manteniéndola cerca de mí mientras ambos intentábamos recuperar el aliento. Parecía estar tan desesperada por tocarme, extendiendo la mano y sosteniendo mi cabeza sudorosa contra ella, rascando mi cuero cabelludo con sus uñas.

— No creo que alguna vez me canse de ti — le susurré al oído, finalmente dejando que los sentimientos que había estado tratando de contener fluyeran a través de mí.

Había intentado convencerme de que no debería sentir lo que sentía por ella. Pero no podía negar que ella era una de mis personas favoritas. Todas las charlas que habíamos tenido cerrando el bar juntas pasaron por mi cabeza mientras la abrazaba.

Era mi amiga, siempre era la primera en saltar para ayudar sin condiciones, y tal vez fue el momento en que se rompió la imagen de que solo era la mejor amiga de mi hermana pequeña.

Ella siempre sería importante para Hazel. Pero ella podría ser algo más para mí.

Ella podría ser mi futuro.

Capítulo
Dieciocho

Charley

DEBERÍA HABERME SENTIDO UN poco incómoda por el hecho de que actualmente tenía semen pegado a los muslos mientras llevaba un par de pantalones de pijama de franela holgados cuatro tallas más grandes. Debería haberlo estado... Pero no lo estaba.

Sentada en la alfombra de felpa frente a Hudson en la mesa de café junto a la chimenea, una emoción me recorría cada vez que reía y sentía la evidencia de nuestro intenso encuentro filtrándose de mis partes íntimas ahora adoloridas.

Jugar a juegos de mesa sin sentido y hablar, era lo más que lo había visto sonreír desde que lo conocía. Y los anhelaba a todos y cada uno de ellos.

Cuando estábamos fuera del estrés del bar, él estaba más tranquilo, más hablador, y me miraba de una manera que hacía que todo mi cuerpo se iluminara. Por mucho que se había horrorizado cuando salí de su baño esta mañana, lo estaba compensando con su incapacidad para pasar más de unos minutos sin tocarme de alguna manera.

Rozaduras sutiles de sus dedos me dieron escalofríos, su mano posándose en mi pantorrilla debajo de la mesa me hizo desesperar por cruzarla, y me costó mucho no desmayarme cuando besó mi cuello antes de escapar a la cocina a buscar más bocadillos.

Vivienne era una maldita idiota. Jodidamente estúpida. Porque tenía a este hombre que, a pesar de sus tendencias a ser un adicto al trabajo, se esforzaba por hacerla sentir especial. Para mostrarle afecto genuino. Sabía que no era idea de él ir a cada estúpido festival local al que iba con ella, donde le agarraba la mano y le cargaba las cosas todo el tiempo.

Sabía que no era perfecto. No era ciega al hecho de que él podía encerrarse en sí mismo y nunca pedir ayuda. Sus respuestas la mayoría de las tardes antes de que abriera el bar a menudo consistían en una letanía de gruñidos y gruñidos malhumorados. A veces no se daba cuenta de las cosas, como el hecho de que las mujeres coqueteaban con él constantemente cuando estaba detrás de la barra. Pero lo intentaba. Le importaba. Escuchaba lo que la gente decía y era amable de una manera que sabía que era rara.

Era un hombre sólido. Y tan ansioso por complacer. Pero de una manera de 'hacer realidad mis fantasías desagradables', y no de la 'demasiado sensible o suave'. Pero si eso es lo que yo quería, sabía que él también lo haría.

Ahora que había visto este lado más primitivo de él, me preocupaba que si de repente decidía que quería detener lo que estaba sucediendo entre nosotros, me sentiría destrozada. Si pensaba que era difícil desearlo antes, sería imposible si se alejara.

Tendría que dejar el bar, encontrar otro lugar donde vivir y escapar a Butter-fly Ridge temprano para trabajar para mis tíos mientras terminaba mi carrera. Conducir veinte minutos sería lo menos preocupante.

— ¿Estás bien? — preguntó, flexionando los dedos y barajando las cartas de UNO que sostenía.

Asintiendo, traté de controlar mis nervios. Porque él estaba aquí conmigo ahora. Insistió en que nos quedáramos vestidos el resto del día y habláramos en lugar de distraernos con los cuerpos del otro. Eso significaba que le importaba lo que tenía que decir, no solo cómo me veía desnuda y retorciéndome sobre cualquier superficie en la que me hubiera extendido.

Actualmente estaba ahogada en tela, metida en su sudadera negra con su camiseta debajo. Me había puesto sus pantalones de pijama después de quitarse nuestras botas de nieve, luego se dirigió desnudo por el pasillo con ambos pares en las manos para regresar al cuarto de barro antes de ir a buscar más ropa.

No estaba bromeando sobre que las cosas no le quedaran bien cuando le había hecho una broma sobre estar sin camiseta antes, aunque a mí no me había importado tanto.

Una camiseta de fútbol de Sage Springs estaba siendo sometida a una prueba brutal en sus costuras mientras abrazaba su pecho definido, y sus largas piernas estaban cubiertas con otro par de suaves pantalones de franela.

— Sí, solo pensando.

— ¿Me atrevo a preguntar sobre qué? — bromeó con una sonrisa cómplice. Aunque seguramente esperaba que estuviera pensando en algo sucio como a menudo lo hacía, yo estaba reflexionando sobre el hecho de que este hombre tenía mi corazón en sus grandes y callosas manos.

— Estoy tratando de averiguar cómo podemos jugar UNO desnudos — bromeé, y él puso los ojos en blanco.

— ¿Por qué sigues poniéndome a prueba así? Estamos comportándonos ahora mismo.

— Porque es divertido. — Él devolvió mi sonrisa cursi, y supe que en realidad no estaba realmente molesto conmigo. — Y creo que lo necesitas ahora mismo.

— ¿Qué? ¿Alguien que me vuelva loco? — Todas las bromas estaban empujando sus límites, pero creo que él estaba empezando a anhelar la forma en que lo provocaba. Sé que anhelaba el efecto que él había tenido en mí.

— No, diversión. No creo que te hayas permitido divertirte en años. Y tal vez estoy cansada de dejar que te escondas detrás de una relación fallida con alguien que nunca apreció lo que tenía.

Tragó con dificultad, dejando las cartas sobre la mesa mientras me miraba. — Ella...

— Fue divertido hasta que se dio cuenta de que no podía convertir al dulce hombre que pensaba que era un chico malo en su perrito faldero.

Hablar mal de otras mujeres no era algo que quisiera hacer. Pero después de cada comentario despectivo que ella había hecho a sus espaldas durante los últimos cuatro años, estaba cansada de ser amable por el bien de mi amiga. No era amable con él, y si tenía que recordarle lo terrible que era, lo haría hasta que finalmente dejara de intentar romantizar su recuerdo para sentirse culpable por hacer lo que él quería por una vez.

— No soy tan dulce — murmuró, su sonrisa anterior desaparecida. Un remordimiento me recorrió, pero ella siempre iba a ser el elefante en la habitación hasta que lo abordáramos. Sabía que solo habían pasado unos días desde que rompieron, pero no iba a ser un polvo de rebote si tenía algo que decir al respecto.

— Sí. *Lo eres.* Pero también me has mostrado que hay un lado más oscuro que has estado enterrando porque sabías que la señorita perfecta nunca lo aceptaría. — Y yo lo anhelaba. Cada marca. Cada palabra degradante. Cada vez que se dejaba llevar por la ira.

— Fue ella quien quería que yo... — se quedó en silencio, mirando hacia abajo y evitando el contacto visual.

— ¿Ponerte una máscara y perseguirla por el bosque?

— Sí...

Tomando aire, le hice saber exactamente lo que pensaba sobre cómo había comenzado esta situación y cómo habría terminado si lo hubiera intentado con ella. — Y ella se habría metido en ello una vez, criticado tu actuación, que, por cierto, fue realmente jodidamente sexy, y luego te habría mantenido en la cuerda floja hasta la próxima vez que no le dieras suficiente atención.

Asintió, apretando la mandíbula mientras golpeaba el borde de la baraja contra la mesa.

— No te voy a decir que ella fue terrible el cien por ciento del tiempo. Y sé que tú... — Vacilé, ahogando la siguiente palabra. — ...la amabas. Pero ella fue honesta contigo la semana pasada y te mostró quién era y que no te valoraba. No dejes que ocupe espacio en tu corazón cuando está claro que ella no te quiere en el suyo.

Sus ojos se encontraron brevemente con los míos antes de volver a mirar hacia abajo. — Ella quería salir con otras personas y hacerme esperar a que decidiera si lo que teníamos valía la pena volver.

Gruñendo, casi se transformó en una risa al ver cómo la comisura de su boca se curvaba en diversión por mi naturaleza defensiva.

— Tranquila, chica — bromeó, exhalando y barajando las cartas una vez más.

— Conoce tu valor, Hudson. Mereces más que alguien que quiera jugar contigo hasta que se aburra y decida ir a por su próxima víctima.

— Y tú mereces más que la serie de aventuras de una noche que llevas a tu apartamento para torturarme.

— Tal vez ese era mi plan desde el principio — reí, frotando mis dedos de los pies contra su muslo debajo de la mesa.

— No me sorprendería — se rió, lanzándome un montón de cartas de colores brillantes desde el otro lado de la mesa. — Quizás una vez que me ganes, te dejaré hacerme un UNO de vaquera inversa.

Me reí, recogiendo mis cartas y extendiéndolas para planear mi método de ataque. Montaría a ese potro desbocado a la vaquera inversa cualquier día de la semana.

La chimenea crepitaba detrás de mí, proyectando un resplandor ominoso por la gran sala tenuemente iluminada. Debería haber estado durmiendo, pero después de despertarme en la oscuridad, con el corazón latiendo frenéticamente mientras intentaba no pensar en el pánico que sentí en mi sueño, supe que sería inútil intentar volver a dormir.

Hudson había estado inconsciente. En su defensa, una vez que finalmente sucumbimos a la tensión que se había estado acumulando todo el día, tuvimos sexo frenéticamente tres veces, en diversas posiciones acrobáticas y lugares poco convencionales, hasta que nos quedamos dormidos pasadas la medianoche.

Entonces mi subconsciente decidió torturarme, y tuve una pesadilla sobre un vampiro maniaco vestido de Harley Quinn persiguiéndome por el bosque con la intención de apuñalarme hasta matarme y drenarme toda la sangre. No hacía falta ser un genio para darse cuenta de que el vampiro era más del tipo emocional, y me preocupaba que tal vez había tocado un nervio cuando mencioné a Viv ayer.

Hudson no parecía molesto conmigo, pero había estado inusualmente callado mientras cocinábamos la cena juntos anoche. Estaba tratando de no darle demasiadas vueltas. Había tenido una semana difícil, pero estaba decidida a dejar claro que estaba aquí para él, y no solo como un cuerpo caliente.

Pero esta mañana, él iba a ser mi cuerpo cálido para comandar.

Estirando las piernas frente a mí sobre la mesa de café, traté de bajar un poco más el dobladillo de su sudadera para que mis piernas desnudas, y otras partes, no se pegaran a la superficie de madera.

— Dios, esta cosa es terrible — murmuré, rascándome el borde de la mandíbula, donde el plástico duro de la máscara que él había estado usando rozaba mi piel. Se veía sexy e intimidante con la tenue iluminación de la pista de baile durante la fiesta, y en la oscuridad del bosque detrás del bar, pero me preocupaba que Hudson saliera aquí medio despierto y decidiera que era ridícula por hacer esto.

Él había tomado el control en cada interacción hasta ahora, pero era mi turno.

Y había una gran diferencia entre que yo tomara el control en la cama porque a ambos nos gustaría, y que yo exigiera el control porque no estaba dispuesta a satisfacer las necesidades de nadie más que las mías. Esto era para su disfrute tanto como para el mío.

Pero más le valía a Hudson despertarse pronto, porque ahora empezaba a dudar de mi plan de desquitarme con él por la falta de sueño. Excepto por la parte de perseguirlo. Porque la temperatura había bajado afuera durante la noche y hacía demasiado frío para perseguirlo por el bosque cuando no había ropa abrigada en la casa que realmente me quedara.

— ¿Charley? — La voz somnolienta de Hudson resonó por el pasillo, y me moví nerviosamente, tratando de parecer que tenía el control de la situación. Podía fingirlo hasta lograrlo.

Decidiendo quedarme en el papel, permanecí en silencio donde estaba, estirada sobre la mesa solo con su sudadera, su máscara y mis botas de cuero hasta la rodilla.

— ¿Qué haces despierta tan temprano? — preguntó mientras aparecía al final del pasillo. Sus largos brazos se estiraron por encima de su cabeza mientras bostezaba con los ojos cerrados. Un paso más hacia la gran sala y me vería.

Y juzgando por el bulto en la parte delantera de sus desgastados pantalones de pijama azules, parecía estar dispuesto a un poco de diversión esta mañana. *Me encantaba follar las erecciones matutinas.*

Sus pasos se detuvieron en el momento en que me vio, las llamas de la chimenea reflejadas en sus ojos abiertos de par en par. — Joder.

— Qué boca tan sucia tienes — le dije en tono de broma, haciéndole señas con el dedo para que se acercara.

— Nunca jodidamente dije que no la tuviera — se rió. — Claramente, alguien se siente traviesa esta mañana.— Hmm. ¿Has sido un niño travieso, Hudson?

Dio otro paso hacia mí, y levanté la mano, indicándole que se detuviera.

— ¿Llevas algo debajo de esa sudadera? — preguntó en voz baja, sus ojos bajando hacia donde tenía las piernas cruzadas.

— No — me reí, manteniendo la voz baja.

— Muéstrame — ordenó, intentando dar un paso adelante, pero yo sacudí la cabeza, señalándolo con el dedo.

— No eres tú quien da órdenes esta mañana, Sr. Rivera.

— ¿Y tú quién eres? — preguntó, dando un paso desafiante hacia adelante.

— Si quieres tener un cuerpo caliente en el que meter tu polla en lugar de tu mano solitaria y fría, entonces sí. Estoy jodidamente a cargo.

Gruñó ante mis maldiciones, su polla se tensaba detrás del material de sus pantalones de franela. Reprimí los pensamientos intrusivos que querían decir que al diablo y tirarlo hacia adelante, rasgar esos pantalones y tragármelo entero.

— Pero creo que quieres algo un poco más acogedor. Algo ajustado — susurré, descruzando las piernas y juntando las rodillas. — Cálido... Húmedo...

— Mierda — gruñó, presionando su mano contra su polla ahora completamente dura.

— Quítate los pantalones — ordené, dejando caer mis rodillas, revelando mi coño desnudo a sus ojos hambrientos.

— Realmente eres una diablita — murmuró, apartando la banda elástica de su cintura y liberándose con cuidado antes de tirarlas al suelo.

— En este momento, soy tu diabla. Y seguirás haciendo lo que te diga.

— Oh — gruñó, envolviendo su palma alrededor de su polla y apretando mientras yo lo veía masturbarse bruscamente. — Me gustaría verte ser quien tome el control.

— Entonces tienes suerte. Ponte de rodillas, Hudson.

Sus ojos se fijaron en los míos, manteniéndome cautiva mientras se arrodillaba lentamente sobre la alfombra. Levantó una ceja, desafiándome a seguir dándole órdenes. Pero ya no había vuelta atrás.

— Inclínate hacia adelante. — Esperé hasta que se apoyó en las palmas, sus bíceps se flexionaron y la tinta en sus brazos se onduló. — Ahora arrástrate.

Se lamió los labios, mirando hacia abajo para observar donde mis piernas aún estaban abiertas con una mirada hambrienta en su rostro. Bien. Entonces tuvimos el mismo objetivo esta mañana.

Él cumpliendo su sucia promesa en el bosque de enterrar su cara en mi coño desnudo.

Cuando estaba a solo unos pies de distancia, levanté la mano para que se detuviera y me deslicé del extremo de la mesa.

— De vuelta a tus rodillas.

Se movió para sentarse sobre sus talones, con las manos apoyadas en los muslos, flexionando contra la piel, claramente tratando de luchar contra el impulso de retomar el control.

Estaba tan jodidamente caliente que estaba haciendo esto por mí. Y cuando se lo dije, un gruñido retumbó en su pecho.

— Qué buen chico — murmuré, acercándome y colocando un dedo debajo de su barbilla para obligarlo a mirarme. Me miró a los ojos por un momento, y luego exhaló lentamente, claramente encontrando algo en los míos que le ayudó a relajarse. — Tan ansioso por complacer.

— Sabes que solo quiero darte placer — murmuró, envolviendo con una mano la parte trasera de mi muslo.

— Manos fuera — gruñí, retrocediendo ligeramente. Apoyando mi mano en su hombro, levanté mi bota para presionar el talón contra el tatuaje que cubría su pecho, con la adrenalina corriendo por mis venas mientras él gemía y su polla se flexionaba entre sus piernas. Quizás a Hudson también le gustaba un poco de dolor. — No necesito tus manos ahora mismo.

— Mis manos no son la parte que quiere follarte — gruñó, extendiéndose hacia mí de nuevo.Arrastré la bota por su pecho, hundiendo la punta sobre su hombro y clavando el talón en su clavícula. Gimió mientras me inclinaba, jadeando cuando le agarré el cabello de un lado de la cabeza.— La única parte de ti que me va a follar ahora mismo es esa lengua malvada. Tal vez si no puedes hablar, escucharás mis instrucciones.Sus ojos se abrieron de par en par, pero pude notar que mis palabras duras fueron bien recibidas por el fuego que vi en su mirada.

— Acostado, manos a los lados. — Él obedeció, sentándose sobre su trasero, sosteniendo mi bota contra su hombro y presionándola contra sí mismo antes de soltarme, recostándose sobre la alfombra.

La parte hambrienta de mí quería decir que al diablo, literalmente, y sentarme en la dura polla que se movía en el aire entre sus muslos, pero eso sería darle lo que quería. En este momento, estaba tomando lo que yo quería.

Lanzando una pierna sobre su cintura para quedarme sobre su cuerpo, mi bota rozando su duro pene, me incliné sobre él. Sus manos se hicieron puños apretados, y vi cómo resistía la tentación de jalarme hacia abajo. Sus ojos se dirigieron brevemente a donde sabía que podía ver debajo de su sudadera con capucha, pero solo apretó la mandíbula, sin decir una palabra.

Sabiendo que tenía toda su atención, desabroché la sudadera, deslizándola por mi cuerpo y lanzándola en dirección a la mesa de café. Decidiendo provocarlo un poco, me agarré los pechos, apretándolos antes de pellizcarme los pezones, gimiendo.

Un zumbido retumbante se formó en su pecho, pero no dijo una palabra mientras me arrodillaba, sentándome sobre su pecho con sus bíceps atrapados entre mis muslos.

— Vas a hacer que me corra, sin usar tus manos. Y cuando lo hagas, me follarás hasta que me corra de nuevo. Si no sigues mis instrucciones, te dejaré así, desesperado por mí. Si eres un buen chico, te dejaré entrar dentro de mí. Y cuando me levante, vas a lamerlo de mis muslos.

Flexionó la mandíbula, un gruñido formándose en el pecho que se agitaba debajo de mí, rozando mis muslos con cada inhalación pesada, pero no dijo que no.

— ¿Estás listo para mostrarme lo que puedes hacer con esto? — Le pregunté, inclinándome hacia adelante para sostener su mandíbula, frotando mi pulgar a lo largo de su labio inferior antes de presionarlo dentro de su boca. Cuando me mordió, enviando una punzada de dolor a través de mí que me hizo retorcerme, tuve la confirmación de que estaba completamente de acuerdo con lo que sucedería a continuación.

Capítulo
Diecinueve

Hudson

ESTABA USANDO CADA MALDITA onza de autocontrol para no darle la vuelta, extenderla sobre la alfombra, arrancarle esa maldita máscara de la cara y follarla hasta que gritara.

Pero iba a ser un buen chico, y iba a hacer lo que ella decía. Y si accidentalmente me asfixiaba mientras se sentaba en mi cara, me iba a morir feliz. Porque no había nadie más en el planeta en quien confiaría para dejarme jugar así.

Charley no solo era aventurera en la cama, me permitió abrazar los pensamientos intrusivos que había silenciado durante años, y estaba decidido a hacer lo mismo por ella. Quería ser la persona con la que se sintiera lo suficientemente cómoda para explorar. Quería que ella confiara en mí como yo confiaba en ella.

— ¿Listo? — preguntó, acariciando el lado de mi cara con su otra mano mientras yo pasaba la punta de mi lengua por su pulgar, mordisqueándolo de nuevo como si estuviera desesperado por mordisquear su clítoris de la misma manera.

Asintiendo, tomé una respiración profunda cuando ella se puso de rodillas, montando mi cara. Podía oler lo excitada que estaba, mi polla moviéndose mientras mi lengua salía y jugueteaba provocativamente contra su clítoris.

Ella gemía y me agarraba del cabello, moviéndose hacia mi cara, flotando mientras yo lamía, chupaba y empujaba mi lengua en su húmeda y cálida vagina.

Era difícil resistir la tentación de agarrar sus caderas y atraerla hacia abajo, y aún más difícil resistir la tentación de acariciar mi polla mientras el liquido preseminal ya recorrían su longitud mientras ella gemía y montaba mi lengua. Pero cuanto más prolongaba esto, más duro me pondría después, cuando estuviera enterrado dentro de ella de nuevo. Me había vuelto adicto a tenerla sin protección y nunca volvería atrás.

— Mmm — murmuré contra ella, disfrutando de cómo sus caderas caían y se frotaban contra mis labios, gimiendo cuando mis dientes rozaban su clítoris.

No tenía reparos en usarme para su placer, y cuando sus gemidos tomaron un tono agudo, aunque estaban amortiguados por el plástico barato de mi máscara, supe que estaba cerca.

Atrapando su clítoris con mis labios, lo metí en mi boca y froté frenéticamente la punta de mi lengua contra él, gruñendo cuando ella intentaba escapar de las sensaciones abrumadoras. Mis uñas cortas se clavaron en mis palmas mientras intentaba resistir la tentación de sujetarla en su lugar, esperando hasta que se inclinara hacia adelante nuevamente para succionar con fuerza, repitiendo la misma combinación hasta que ella gritó y tembló, pellizcando sus propios pezones mientras la veía desmoronarse sobre mí.

— Joder, maldita sea... — jadeó mientras se sentaba, dándome espacio para respirar a pesar del peso de sus caderas sobre mi pecho.

— ¿De frente o al revés? — preguntó, lamiéndose los labios. — Te dejo elegir.

— UNO inverso — gruñí, con dolor mientras esperaba a que se moviera de nuevo, apoyando sus manos en mis muslos mientras se levantaba lo suficiente para darse la vuelta.

— Ah, joder — gimió mientras se bajaba, tomando la punta de mi erección palpitante en su cálido cuerpo, su coño aún apretándose con los efectos posteriores de su orgasmo anterior. — Estás tan jodidamente duro.

Relajándose y bajando lentamente sus caderas hasta que estuve enterrado tan profundo como podía dentro de ella. Me mordí el labio para no gemir de satisfacción. Nunca había sido tan bueno antes. Y no solo porque ella fuera la única mujer a la que alguna vez dejé que me follara sin nada entre nosotros. Pero porque era ella. Y en menos de cuarenta y ocho horas, me había vuelto irremediablemente adicto a ella, y no me refería solo a su coño. Aunque eso también era bastante espectacular.

— Agárrame el pelo — jadeó, su voz amortiguada dentro de la máscara. Moviendo sus caderas lentamente de un lado a otro, me montaba, el fuego recorriendo mi columna vertebral mientras me sentaba, apoyándome con la otra mano aferrando la alfombra. Recogí su largo cabello en la base de su cuello bajo la capucha, y lo retorcí alrededor de mi muñeca, lo suficientemente apretado como para que tuviera que arquearse hacia atrás, sus movimientos volviéndose más frenéticos mientras buscaba su segundo orgasmo.

— Se siente tan bien — jadeé, incapaz de quedarme callado por más tiempo. — Te sientes tan jodidamente bien.

— Más fuerte — gimió, moviéndose frenéticamente, clavando sus uñas en mis muslos mientras comenzaba a empujar desde abajo. — Fóllame más fuerte. Haz que me corra.

Mis muslos ardían mientras me empujaba contra ella, mi antebrazo se tensaba mientras luchaba por mantener un agarre firme en su cabello.

— Oh Dios, oh Dios — gimió, colapsando hacia atrás en mi pecho mientras llegaba, apretándome dentro de ella.

Sin poder aguantar más, me corrí, mi polla sacudiéndose dentro de ella, desatando otra serie de gemidos mientras llenaba su tembloroso coño.

— No puedo respirar — jadeó, y de inmediato solté su cabello. Alcanzando la máscara, la arranqué y la lancé a un lado.

Sosteniéndola contra mí con un brazo mientras me equilibraba con el otro, le enseñé a respirar conmigo.

— Adentro — susurré, aplastando mi palma sobre su corazón. — Fuera.

Ella jadeaba por aire, temblando mientras bajaba, sus músculos cansados cediendo al colapsar sobre mi cuerpo.

— Te tengo. — Su respiración se calmó y se relajó en mi pecho.

— Esa cosa hace imposible respirar — susurró una vez que se había relajado por completo contra mí después de que su respiración se estabilizara. — No sé cómo mantuviste esa cosa puesta tanto tiempo.

— No voy a mentir, fue un poco malo. Pero valió la pena ya que terminé la noche enterrado dentro de ti.

A pesar del alivio que compartimos hace unos minutos, la desesperación por ser dueño de su placer me hizo reaccionar cuando se movió en mi regazo. Deslicé mis manos por sus costados, mi mano derecha se desvió entre sus piernas. Ella se estaba ensuciando mientras mi semen se escapaba de ella, y tenía una orden, que de repente me apetecia más de lo que esperaba, que obedecer.

— Levántate, Char — susurré, sosteniéndola por la cintura mientras se ponía de pie. Tirándola hacia atrás, me incliné, lamiendo una línea por la parte trasera de sus piernas, hundiendo mis dientes ligeramente en su trasero. Ella gritó y yo presioné una mano en su parte baja de la espalda. — Agáchate hacia adelante.

Ella exhaló con fuerza cuando mi lengua se deslizó entre sus muslos, recorriendo el interior de uno hasta que mi nariz quedó enterrada en su coño húmedo. Ella se retorcía mientras yo la lamía, limpiándola como ella quería hasta que estaba gimiendo y recostándose en mis movimientos. Le rodeé el muslo con un brazo, acariciando su clítoris suavemente con mi pulgar hasta que temblaba y llamaba mi nombre, latiendo contra mis labios.

— Mmm — murmuré, colocando un beso en su trasero.

Se dio la vuelta y pasó una mano por mi cabello desordenado, sosteniendo mi mandíbula con la otra y trazando su pulgar por mi labio inferior. — No pensé que realmente lo harías.

— Ven aquí y bésame — murmuré, y ella se subió a mi regazo, su lengua succionando la mía con hambre mientras se movía contra mi polla que latía por ella.

— Estás duro otra vez — susurró contra mis labios, alcanzando entre nosotros y acariciándolo con su mano mientras yo gemía en su boca. — Pensé que ustedes, los hombres mayores, se suponía que tardaban un tiempo en recuperarse.

— Es tu culpa — gemí, flexionando mis caderas.

Se recostó, sentándose entre mis muslos abiertos y separando las piernas. Me dio un último golpe brusco y luego tomó mi mano, llevándola a mi erección ahora palpitante. — Tu turno. Dame un espectáculo.

— Tengo una mejor idea — gruñí, recostándola contra la alfombra. Deslicé mi polla por la humedad entre sus piernas, sumergiéndola dentro y luego sacándola, brillando con nuestros fluidos anteriores.

Subiéndome sobre ella, guié sus manos hacia sus pechos. — Sostén esto por mí.

Sus ojos se iluminaron mientras me inclinaba, mordiendo sus pezones y luego alternando al chuparlos hasta que ella gemía y se retorcía.

Decidiendo simplemente hacerlo, escupí en el valle entre sus pechos unas cuantas veces, esparciéndolo con las yemas de mis dedos antes de deslizarme hacia adelante, angulando mi polla para presionarla entre ellos.

Ella miraba con los ojos muy abiertos mientras yo me movía lentamente, gimiendo mientras la combinación de nuestro semen y mi saliva me hacía deslizarme contra su piel suave. Ver su reacción me puso al borde en minutos, y estaba apretando los dientes tratando de mantener algo de dignidad. — Si no quieres que te cubra de semen, dímelo ahora.

Y la diablita abrió la boca y sacó la lengua. Si no estaba convencido de que esta chica estaba destinada para mí después de los últimos dos días, ahora lo estaba. Y nunca la dejaría ir.

Ella gemía conmigo mientras mis testículos se contraían, el semen salpicando su pecho. Chorro tras chorro salió de mí, dejando manchas sucias en su cuello y mejilla. Una vez que terminé, ella se inclinó hacia adelante, agarrando la parte posterior de mi muslo y tirándome hacia adelante para lamer la punta, un gemido torturado escapándose de mis labios mientras me limpiaba.

— Eso estuvo caliente. Le doy un veinte sobre treinta — bromeó, limpiándose la mejilla con el dedo índice y llevándoselo a los labios.

— ¿Solo veinte? — Jadeé, sonriendo hacia ella.

— Sí, veinte puntos por los veinte centímetros. ¿O debería buscar una regla para verificar antes de darte la puntuación?

— Estás arruinando el momento, Charley — gruñí, moviéndome hacia atrás para estirar mi cuerpo sobre el suyo, nuestros pechos cálidos y sudorosos rozándose. Limpiando su mejilla sucia con mi pulgar, lo presioné contra sus labios, observando cómo lo lamía. — Pero me encanta lo sucia que eres. Acostada aquí cubierta de mi semen.

— Y me encanta... — se detuvo, mordiendo la almohadilla de mi pulgar y envolviendo su cuerpo con mis brazos y piernas de repente fatigados. — Ser cubierta por ti.

Era demasiado pronto para tener los sentimientos que sabía que recorrían mis venas, y no los dejaría salir porque me preocupaba que ella no los tomara en serio en este momento. Pero iba más allá de la fascinación. Me estaba enamorando de ella en cuestión de días. Tal vez había estado bajo su hechizo más tiempo del que me había dado cuenta, y una vez que estuve libre de la toxicidad que me había atormentado, mis ojos finalmente se abrieron a lo increíble que era ella y a lo libre que me sentía cuando estaba con ella.

— También me gusta estar rodeada de ti. — Me abrazó más fuerte, besándome hasta que apenas podía respirar. — Pero te estás volviendo un poco pegajosa.

Ella se rió, metiendo su cara en mi cuello, y yo me giré de lado, atrayéndola hacia mi pecho y enredando su cabello en mis dedos hasta que ambos nos quedamos dormidos.

Capítulo

Veinte

Hudson

El domingo pasó casi igual que el sábado. Pasamos el día hablando de cualquier cosa y de todo, jugando varios juegos de veinte preguntas, volviéndose cada vez más subidos de tono a medida que avanzaba el día. Por la tarde, estábamos desesperados el uno por el otro de nuevo, cayendo en la cama exhaustos y adoloridos. Comimos sándwiches en la cama a medianoche después de despertarnos de nuevo y luego hablamos hasta que salió el sol.

Para cuando llegó la mañana del lunes, mi ansiedad había comenzado a apoderarse de mí, sabiendo que nuestro tiempo viviendo juntos dentro de estas cuatro paredes era efímero. La nieve había disminuido y la temperatura había subido, el sol brillaba intensamente afuera.

Parte de mí quería ignorar por completo la nieve que se derretía, quedándome aquí mucho después de que se hubiera derretido ignorando el mundo exterior. Pero cuando saqué mi teléfono del cargador después de haberle hecho el desayuno a Charley y dejarla ducharse sola, la pantalla estaba llena de notificaciones de mensajes.

> Hazel: ¿Ustedes dos alguna vez van a salir a la superficie?¿Ustedes dos van a salir a tomar aire alguna vez? Mamá está a punto de enviar a papá allá arriba para sacarlos a ustedes dos. Está preocupada de que Charley nunca venga a Navidad este año si se queda atrapada contigo por mucho tiempo.

Como si tuviera la intención de darle a Charley otra opción. Ahora era bienvenida en todos los eventos familiares en los que había sido bienvenida antes, pero por una razón completamente nueva.

> Hazel: No le dije que probablemente estabas haciendo cosas asquerosas con sus muebles.

Riendo, respondí, ignorando su búsqueda de información que las hermanitas no deberían saber sobre la vida sexual de sus hermanos. Si ella y Charley realmente estaban tan cerca como parecían, probablemente sabía que esta convivencia no era platónica.

> Hudson: Ella está bien. Y la arrastraré aquí si intenta echarse atrás. Las medias de elefante blanco son una tradición, y no se las va a perder.

> Hazel: ¿Significa eso que ustedes dos...

> Hudson: Significa que realmente me gusta tu amiga.

> Hazel: Y...

> Hudson: Y no quiero dejarla fuera de mi vista el tiempo suficiente para que se canse de mí.

> Hazel: Suena contradictorio. Pero tal vez sea el Síndrome de Estocolmo hablando.

> Hudson: Ella está aquí porque quiere estarlo, no porque la haya secuestrado accidentalmente.

> Hazel: Mmhmm, claro.

Ella envió un GIF de una mujer asintiendo y pronunciando las mismas palabras.

> Hudson: Ahora es mía.

> Hazel: Siempre me querrá más.

No si yo tuviera algo que decir al respecto.

> Hazel: Los quitanieves han estado trabajando durante los últimos dos días seguidos. Hoy están trabajando en el paso. El bar está bien. Annie se aseguró de que todos llegaran a sus turnos.

Joder. Eso significaba que nuestras horas se estaban agotando.

Cerrando el hilo con Hazel, hice clic en uno de la prima de Reid, Jayden, que vivía en Butterfly Ridge.

> Jayden: Reid me dijo que estabas atrapado.

Jayden: Acabo de despejar el pase. Deberías poder salir ahora.

Jayden: Avísame si quieres que vuelva y te ayude.

Hudson: Gracias, amigo, creo que estamos bien, pero te avisaré.

Jayden: ¿Estamos? Reid me dijo que estabas allá arriba con la mejor amiga de Hazel.

Hudson: Lo estoy. Larga historia. Estamos atrapados desde el viernes por la noche.

Jayden: ¿Quieres que empuje la nieve de vuelta a su lugar?

Me reí, deseando un poco que no hubiera podido llegar hasta aquí. Pero con el clima despejándose, sabía que tendríamos que volver para abrir el bar. Annie, mi jefa de camareros, seguiría cubriendo como lo había hecho durante los últimos días si la necesitara, pero sabía que Charley y yo estábamos juntos en el próximo turno.

— ¿Todo bien? — Charley preguntó, sentándose de lado en mi regazo y rodeando mi cuello con sus brazos.

— Sí. La carretera está despejada.

— Oh — susurró, sus ojos recorriendo mi rostro. Creo que ella podía notar que no estaba emocionado tampoco, pero no podíamos seguir viviendo aquí ignorando el resto del mundo. Al menos no hasta mi próximo período de días libres ininterrumpidos.

— Tendré que excavar la parte de grava del camino de entrada a mano.

Ella asintió, pasando sus dedos por mi cabello y rascando mi cuero cabelludo de la manera que había descubierto que me hacía querer ronronear como un gato y frotarme contra ella. Una de las ventajas de no poder mantener nuestras manos alejadas el uno del otro durante tres días seguidos era saber qué toques deseaba el otro.

— Te ayudaré si me encuentras unos pantalones.

Apretando su muslo, froté la piel húmeda, alisando mi palma sobre su rodilla.

— Me gustas más sin pantalones.

— Y la verdad es que me gusta no tener la vagina congelada. Así que, encuéntrame algo cálido para ponerme y te ayudaré.

— ¿Tan ansiosa estás por salir de aquí y alejarte de mí?

— No — ella sacudió la cabeza, inclinándose para besar mis labios suavemente, quedándose un momento. — Pero si te ayudo, entonces no estarás demasiado cansado para follarme antes de que tengamos que volver al pueblo.

— Eres una tentadora — susurré, tirando de los extremos de su cabello húmedo.

Sacudiendo la cabeza, me levanté del sofá, llevándola a mis brazos. Ella apoyó su cabeza en mi hombro mientras la llevaba por el pasillo, sentándola en el banco del vestíbulo. Crucé la habitación y saqué todo el equipo de trabajo para la nieve del baúl de madera en la esquina, comenzando a revisarlo en busca de algo que le pudiera quedar.

Una vez que encontré lo que buscaba, regresé a donde ella me observaba en silencio, subiéndome la vieja capa aislante, seguida de un par de pantalones de lona gruesa e impermeable por las piernas, y ajustando el cinturón de la cintura para que quedara ceñido alrededor de su cintura. Le envolví el abrigo negro que había usado antes, subiéndolo hasta que el cuello cubriera su barbilla.

Ella se ahogaba en mi viejo equipo mientras me ponía un par grueso de calcetines de lana y las botas de nieve que le quedaban antes. Un gorro de lana grueso cubría su cabello rubio, y lo metí cuidadosamente dentro del cuello.

— Soy capaz de vestirme sola, ¿sabes? — bromeó con voz apagada, sus ojos llenos de alegría a través del estrecho espacio que rodeaba sus ojos mientras me veía ponerme el equipo al otro lado de la habitación.

— No seas una niñata, Charley. Querías ayudar y a mí me gusta que tus partes no estén congeladas.

— Pero soy tan buena siendo una — se rió, poniéndose el par de guantes que le había lanzado en su dirección.

— Eso eres — estuve de acuerdo, poniéndome el sombrero y agarrando las palas de nieve industriales de metal del armario en la esquina.

— Apuesto a que esta cosa puede hacerte algo de daño — comentó, levantándola en broma y fingiendo que era demasiado pesada para ella.

Decidiendo abrazar a este nuevo yo que no enterraba sus pensamientos intrusivos, tomé su mano y la llevé a mi entrepierna fuertemente cubierta. — Yo sé que esto si que puede.

— Sí, ya lo sé — se burló, poniendo los ojos en blanco. — Voy a caminar raro durante días.

— No me arrepiento de nada — reí, inclinándome para besarle la sien antes de abrir la puerta trasera.

El viento frío mordía mis mejillas expuestas, y quería cerrar la puerta de golpe y echar la llave, pero seguí a Charley hacia la nieve, para despejar el camino a casa.

EL SOL ESTABA ALTO en el cielo cuando terminamos, la nieve restante en la entrada se derretía mientras limpiábamos la nieve de mi coche.

Por primera vez en la vida, recé para que el Chevelle no arrancara, pero el motor ronroneó al encenderse a la primera. La expresión derrotada de Charley mientras se sentaba en el asiento del pasajero seguramente coincidía con la mía cuando lo apagué de nuevo y saqué la llave.

— Podemos quedarnos aquí.

Su voz era suave mientras cubría mi mano, apretándola brevemente. — No, no podemos. Pero ojalá pudiéramos.

— Joder — suspiré, extendiendo la mano para acariciar la parte posterior de su cuello. Ella gimió contra mis labios mientras la besaba, mi pánico ante la idea de irme me hacía desesperar por tocarla ahora. — Adentro o te follo en este coche.

— Preferiría mucho más en este coche. Pero ahora hace un poco demasiado frío para eso.

— Volveremos a eso más tarde cuando haga calor afuera — prometí, abriendo la puerta y dirigiéndome hacia la casa. Ella me siguió, y para cuando llegamos al dormitorio, ambos estábamos desnudos y desesperados por reconectar.

Pero cuando entré en ella por última vez durante nuestra reclusión, no estaba tan asustado como pensé que estaría. Parecía tan ansiosa por estar conmigo, nunca permitiendo más cinco centímetros de espacio entre nuestros cuerpos.

— Necesitamos empacar — susurré en su cuello sudoroso, besando suavemente la marca de mordisco morada que había comenzado a amarillear por los bordes en algún momento del día anterior. El demonio cachondo esperaba que ella no lo cubriera esta noche. Porque quería que todos supieran que era mía. Tal vez podría hacer que Reid tatúe Propiedad de Hudson en su escote en lugar de en su trasero.

Ella asintió, deshaciendo a regañadientes el enredo de nuestros cuerpos antes de sentarse al borde de la cama a mi lado, vistiéndose con la ropa prestada.

— Vamos a hablar sobre tu falta de bragas.

Me miró por encima del hombro con una sonrisa. — Estoy atrasada con la colada.

— Puede que tenga una lavadora que puedas llenar con tus cositas — le dije en tono de broma, tirándola hacia atrás y envolviendo mi cuerpo desnudo alrededor del suyo vestido, con mi cara escondida en su cuello.

— Estoy bastante segura de que soy yo quien se llena con tus cositas.

— Eso es durante el ciclo de centrifugado. Mi máquina está desbalanceada.

Ella se rió mientras la dejaba ir. — Y yo soy la que tiene la mente sucia.

Levantándome de la cama para recoger la ropa que había estado usando en la fiesta, me vestí y le extendí la mano. — ¿Quieres llevar las botas de nieve puestas? Puedes dejarlas en mi coche, y las traeré de vuelta conmigo la próxima vez que suba.

Ella sostenía sus botas hasta la rodilla frente al par de pantalones de franela que llevaba puestos. — ¿No crees que combinan? El sitio web decía que combinan con cualquier atuendo.

— Vamos — extendí la mano hacia ella, entrelazando mis dedos con los suyos. — Es hora de ir a casa.

Quería pedirle que viniera a mi casa en lugar de llevarla al apartamento, pero sabía que ambos teníamos cosas que hacer.

Charley estaba callada mientras me seguía hasta el coche, con su mano entrelazada con la mia mientras yo sostenía la nevera con la comida sobrante en la otra, ya que la electricidad aún no habia vuelto.

Sin saber qué decir, permanecimos en silencio durante el viaje de regreso por la montaña, mi mano descansando sobre el suave algodón que cubría su muslo y deseando poder tocar su piel desnuda. Anhelaba la conexión, pero sabía que esta no podía ser la última vez que la tuviera en este coche con mi mano en el mismo lugar. Tocarla así se sentía tan natural como respirar. Igual que todo lo demás cuando se trataba de ella.

Cuando estacioné el coche cerca de la entrada trasera recién despejada del bar, mis dedos se apretaron, su mano más pequeña cubriendo la mía mientras se giraba hacia mí.

— No quiero que te vayas — susurré, inclinándome para rozar suavemente mis labios con los suyos.

— Yo tampoco, pero no podemos quedarnos sentados en este coche el resto de nuestras vidas. — Sonaba triste, y yo me sentía igual, pero no estaba seguro de qué decir en este momento.

— Volveré una vez que limpie mi entrada y me duche.

Asintió, dudando antes de recoger sus cosas y alcanzar el pomo de la puerta.

Quería suplicarle que se quedara, o que me dejara subir con ella, de repente aterrorizado de que si la perdía de vista algo malo sucediera, pero ambos sabíamos que necesitaba irme a casa.

Ella salió del coche, y yo observé a través del cristal empañado del parabrisas mientras desbloqueaba la puerta trasera, girándose para saludar antes de entrar y dejar que la puerta se cerrara detrás de ella.

Miré la puerta trasera por más tiempo del que debería, deseando que ella saliera antes de que alguien parado junto al coche me sobresaltara.

Capítulo
Veintiuno

Hudson

— ¿QUÉ DEMONIOS, AMIGO? — La voz fuerte de Reid me sobresaltó mientras golpeaba la ventana del pasajero.

Su sonrisa era odiosa mientras bajaba la ventana, y sabía que Hazel debía haberle contado que mi aislamiento con Charley no era solo platónico.

— Sube — suspiré, señalando el asiento del pasajero. Podía ayudarme a despejar la entrada. Era lo mínimo que podía hacer después de haber sometido a todos los clientes de mi bar a sus accesorios para pezones.

— Te acostaste con Charley — soltó antes de cerrar la puerta. — Buen chico.

— Cállate y abróchate el cinturón. Me vas a ayudar a quitar la nieve de la entrada y luego me daré una ducha caliente antes de satisfacer tu necesidad de chismes.

— Ya lo limpiaron. — Por supuesto que lo hicieron, el cabrón servicial. Hizo que fuera difícil estar molesto con él. Pero no era su culpa que estuviera de mal humor esta mañana.

— Gracias.

— Y tiré ese horrible disfraz de Joker, supongo que Viv lo dejó en tu porche, al contenedor de basura en la tienda.

— ¿El qué? No había nada en mi porche antes de que me fuera al bar el viernes.

— Había una bolsa de ropa de la tienda de disfraces en Butterfly Ridge en tu felpudo cubierta con un pie de nieve. La chaqueta dentro estaba destrozada cuando la encontré, así que la tiré.

— Se va a volver loca — gemí, deseando poder olvidar los últimos cuatro años. Ahora que había pasado tiempo sin interrupciones lejos de ella, no era difícil ver lo tóxico que había sido quedarme con ella.

— Sí — dijo con una sonrisa. — También va a tener que pagar una tarifa de daños de doscientos dólares. Marcy en la tienda no se anda con tonterías.

— No voy a preguntar siquiera cómo sabes cuánto le cobran a alguien por un alquiler de disfraz arruinado.

— Probablemente sea lo más sensato — estuvo de acuerdo. — Pero la perra se lo merece por cómo trató a Charley y Hazel en la fiesta. Si no se hubiera ido cuando la acompañé a la puerta, la segunda vez, habría hecho que Mikey la echara.

— ¿Qué hizo ella? — Pregunté con los dientes apretados, el cuero del volante crujía bajo mi agarre fuerte.

— Te lo diré cuando lleguemos a tu casa. No necesito que te enfades y nos saques de la carretera.

El resto del trayecto me enfurecí mientras me dejaba llevar por la imaginación de lo que Viv le había dicho a mi hermana y a mi... No estaba seguro de qué era Charley, pero era mía.

Charley no había dicho una palabra cuando hablamos de Viv, y una parte de mí estaba molesto porque no me lo había contado, pero la otra parte respetaba que, aunque había dejado claro su desagrado por mi ex, no había intentado patear el cadáver en descomposición de nuestra relación muerta hace mucho tiempo. Después de la segunda vez que la mencionaron, nunca volvimos a hablar de ella.

Mientras conducíamos hacia mi casa, Reid seguía hablando de otras cosas que habían pasado en la fiesta después de que me fui, pasando un tiempo sospechosamente largo criticando al guapo jugador de béisbol que aparentemente le había pedido el número de teléfono a Hazel y bailó demasiado cerca para ser respetuoso, en su opinión, con mi hermanita toda la noche.

— Pareces un poco brusco esta mañana, no voy a mentir. ¿Las cosas no fueron bien después de que llegaron a la cabaña?

— No. Salieron un poco demasiado bien.

— ¿Ella es tan buena, eh? Te dije que te atraía. Parece que alguien finalmente sacó la cabeza del culo y se la metió a esa chica en...

— No hables de ella así, joder.

— Vaya, ni siquiera dije nada malo — se rió, sabiendo que me enfadaría al provocarme. — ¿Qué te pasa?

— Creo que estoy enamorado de ella.

Se quedó en silencio un momento, su voz incrédula. — ¿Después de tres malditos días? ¿Tiene un lingote de oro escondido dentro de su vagina?

— Reid — gruñí, entrando en mi garaje y apagando el motor.

— Está bien, está bien.

— Vete al carajo. No es como si la hubiera conocido hace tres días. Pero ahora me siento como una mierda. Es la mejor amiga de Haz. ¿Qué pasa si acabo de arruinar su amistad? ¿Qué pasa si ella se da cuenta de que no me quiere?

— ¿Crees que ella siente lo mismo por ti?

Contemplando mi respuesta mientras entrábamos en la casa, fui directo a la cocina y saqué dos cervezas, asintiendo hacia la sala de estar. Pasamos mucho tiempo charlando en mi terraza cubierta que daba al bosque, pero estaba cubierta de nieve.

— No lo sé. Creo que sí, pero nunca hicimos planes concretos sobre lo que pasará después. Le dije que iría a su casa después de ducharme, pero ambos tenemos que trabajar esta noche. ¿Cómo voy a pasar toda una jornada con ella mientras me siento así?

Destapó la botella, tomando un trago antes de responder. — Primero te la follas, y luego te la follas de nuevo una vez que cierras esta noche. La pared en el almacén es bastante resistente.

— Vete a la mierda, imbécil. No más follar en mi bar — me reí.

— No lo hice de nuevo... El viernes por la noche. — Lo aterrador era que no podía decir si estaba bromeando o no. El tipo se excitaba follando en lugares públicos.

— No, hijo de puta enfermo. No cualquier noche. O voy a venir a frotar mis bolas por todo tu escritorio.

— No, no lo harás — se rió. — Porque sabes que mis pelotas han estado desnudas en ese escritorio demasiadas veces como para que me importe.

— Que elegante — me burlé, sabiendo que no estaba mintiendo. Pero él había tenido razón antes. Estaba soltero y si a las mujeres les gustaban sus maneras promiscuas, podía aprovecharlo.

— Solo digo. Ha visto algunas cosas.

Algunas cosas me despertaban una curiosidad asquerosa porque ahora que mi vena aventurera se había reavivado, podría querer probar algunas cosas con Charley, pero ugh. No necesitaba pensar en el culo pálido de Reid.

— Eres repugnante. Tienes un apartamento encima de la tienda.

— También ha visto algunas cosas. Pero pensé que habíamos acordado que ya no me ibas a avergonzar por mi vida sexual, Sr. Secuestrador Enmascarado.

— Mierda — gemí, sabiendo que en algún momento usaría eso en mi contra. Solo pensé que lo guardaría en su bolsillo para mencionarlo más tarde.

— Tienes suerte de que tu chica le enviara un mensaje a Hazel antes de que te fueras. O tu fin de semana podría no haber sido tan agradable. — Ni siquiera lo había pensado hasta la mañana siguiente, pero afortunadamente mi chica fue lo suficientemente inteligente como para saber que Haz se volvería loca si no podía encontrarla al final de la noche.

— Hazel me va a matar. Parecía extrañamente tranquila al respecto cuando me envió un mensaje esta mañana, pero es aterradora cuando está enojada.

— Haz es adorable — se rió.

— Mantén el nombre de mi hermana fuera de tu boca. — No me gustaba el tono de su voz cuando hablaba de ella últimamente. Era como su hermano mayor; no debería pensar que mi hermana era adorable. Aunque Charley debería ser como una hermanita para mí, definitivamente no lo era después de lo que nos habíamos hecho el fin de semana.

— Es como un pequeño gatito. Con garras afiladas como cuchillas que quería usar para rebanar a Viv el viernes cuando se metió con Charley. Pero le dio un buen golpe en la entrepierna que hizo que la mitad del bar vitoreara.

— Mierda. ¿Por qué no se va de una vez? Viv era la que no me quería.

— ¿No querías que se quedara? — bromeó, pero no estaba de humor para recordar lo desesperado que estaba la semana pasada. Había estado tratando de entender cómo una relación que comenzó como una situación de amigos con beneficios de seis meses se había convertido en que yo fuera su novio accesorio durante años.

— Que te jodan.

— El amor te ha vuelto más gruñón — se rió, pero necesitaba volver a la barra para poder hablar con Char. Ella me sacaría de este estado de ánimo.

— Lárgate de mi casa. Tengo cosas que hacer — gruñí, medio en serio.

— ¿Estás seguro de que tuviste sexo este fin de semana? Porque no estás actuando como si lo hubieras hecho.

— Vete. — Señalé la puerta de nuevo.

— En serio, amigo, solo dile cómo te sientes. Sabes que ella siente lo mismo. Esa chica ha tenido corazones en los ojos cuando te mira durante años. Simplemente te tomó una eternidad darte cuenta.

Quería negar lo que dijo, pero Charley ya me había contado sobre su enamoramiento. Solo deseaba haber sido lo suficientemente observador para darme cuenta. No es que alguna vez hubiera actuado en consecuencia.

— ¿Qué hizo Viv? Mejor dímelo y terminemos con esto.

Suspiró, rascándose la parte posterior del cuello. — Acorró a Charley en el pasillo y la apuñaló con sus uñas mientras la insultaba porque estaba disfrazada de la versión psicótica de Harley Quinn. Acusó a Char de copiarla. Ahora que lo pienso, ese disfraz de Joker tan feo que dejó en tu porche tiene sentido. Al menos esquivaste esas balas. Definitivamente me habría burlado de ti por ese disfraz.

— ¿Y qué hizo Charley? — No podía imaginarme que ella lo tomara bien. Y ahora estaba enfadado porque no me lo había contado. La racha protectora de la chica me iba a matar.

— Me interpuse entre ellas antes de que Charley la golpeara con el bate de béisbol rosa que tenía para hacer juego con su disfraz. Arrastré a Viv hasta la puerta principal y le dije que se fuera a otro lugar.

Asintiendo, estaba agradecido de tener amigos tan geniales. Porque que Reid salvara a Charley significaba que ella estaba en la pista de baile momentos después para que yo la encontrara.

— ¿Y ella volvió?

Asintió. — Como un caso furioso de herpes.

Le hice una señal para que continuara mientras se reía de su propio chiste.

— La encontré gritando a Hazel sobre alguien que robó tu coche con una máscara diez minutos después. Cuando Haz la ignoró, ella le agarró el pelo y trató de arrastrarla para preguntarle a dónde fuiste, pero tu hermana agarró el bate de Charley de una mesa y se lo metió en la entrepierna, diciéndole que se fuera a la mierda y no volviera. Ayudé a Mikey a sacarla de allí con una advertencia de que llamaríamos a la policía si volvía, y tuvimos a los chicos en la puerta para evitar que regresara.

Reid tenía una estúpida y nostálgica sonrisa en su rostro, su voz llena de orgullo por la violencia de mi hermana hacia mi ex. No estaba seguro si estaba emocionado por Hazel o porque Viv había sido echada del bar.

— Gracias por encargarte de eso. Lamento que tuviste que lidiar con eso.

— Yo no — se rió, inclinando su botella hacia atrás para tragarse el resto de su bebida. — Espero que en el futuro ella se mantenga alejada de ti.

Pero después de que me duché y regresamos al bar, tuve la confirmación de que ella no tenía intención de escuchar sus advertencias.

Capítulo
Veintidós

Charley

LA PUERTA TRASERA DEL bar se cerró de golpe detrás de mí, la barra de emergencia se clavó en mi espalda mientras apoyaba mi cabeza contra el metal frío. La parte racional de mi cerebro sabía que lo vería en unas pocas horas, y que esto no era el fin del mundo, pero la parte irracional de mi cerebro me dejaba sin aliento porque mi pecho se sentía demasiado apretado. Antes de darme cuenta, las lágrimas rodaban por mis mejillas mientras intentaba contener un sollozo.

No había manera de que los últimos tres días fueran reales. No había manera de que ahora realmente estuviera enamorada del hermano de mi mejor amiga, y mucho menos de que él pareciera sentir lo mismo por mí.

Se había sentido tan natural que el pánico que se acumulaba dentro de mí no tenía sentido, pero no podía detenerlo.

Afortunadamente, el primer turno del bar no llegaría hasta las once, así que estaba sola abajo mientras intentaba no desmoronarme.

Sabía que no podíamos quedarnos en la cabaña para siempre, pero cuando me dijo que el camino estaba despejado esta mañana, me había destrozado, aunque yo era quien intentaba consolar su ánimo apagado. No habíamos follado esta mañana. No es que lo que habíamos hecho juntos desde el viernes hubiera sido puramente sexo, pero cuando me llevó a su cama una última vez, inhalando mi aroma, memorizando mis curvas con sus grandes manos, su lengua reverente en mi clítoris hasta que pulsó contra su lengua en lugar de estar frenética por la necesidad, supe que me estaba haciendo el amor.

Nadie me había hecho el amor antes. Nunca había deseado a nadie tampoco. Pero ahora lo quería de nuevo. Sentirlo presionándome contra la cama mientras nuestros cuerpos eran indistinguibles, moviéndose juntos hasta que ambos no pudimos contenernos.

El sonido de un golpe y un chillido agudo desde arriba confirmaron mis sospechas de que Hazel estaba en el piso de arriba esperándome. Sabía que

Hudson le había enviado un mensaje esta mañana, pero tenía miedo de contactarla.

Parecía estar bien cuando me fui con él después de la fiesta, pero mucho había cambiado durante el fin de semana.

Tomando una respiración profunda, me limpié las mejillas mientras exhalaba lentamente, tratando de calmarme. Ella sabría que algo andaba mal si veía evidencia de que estaba llorando. Y ni siquiera estaba segura de por qué estaba llorando en este momento.

Tal vez solo estaba asustada porque esta era la primera vez que se involucraban sentimientos reales cuando se trataba de un hombre. Nunca esperé que ese hombre fuera Hudson, a pesar de mi enamoramiento de larga duración. Siempre me había parecido inalcanzable, y ahora que lo tenía, temía perderlo tan pronto.

Una vez que revisé mi rostro en el espejo del baño de damas, subí lentamente las escaleras, el tercer escalón desde arriba crujía. La puerta se abrió de golpe antes de que pudiera siquiera poner la mano en el pomo, el rostro sombrío de Hazel se estrechó mientras estudiaba mi cara.

— Te ves increíblemente relajada para alguien que acaba de pasar los últimos tres días atrapada en una cabaña en medio de la nada con mi molesto hermano mayor.

Exhalando, sonreí, entrando mientras ella retrocedía, usando mi bota de nieve para cerrarla.

— Me dijiste que no querías detalles. — Y aunque le había compartido detalles de conquistas anteriores, quería mantener en privado lo que había pasado con Hudson.

— Yo tampoco, pero supongo que el hecho de que prácticamente hayas flotado aquí significa que las cosas salieron bien, ¿no? — Parecía que sabía algo que yo no, su expresión era esperanzadora. Ayudó a relajar algunos de mis nervios anteriores. Quizás habían hablado de mí esta mañana.

— Muy bien — sonreí.

Hazel se atragantó, fingiendo un arcada seca. — Ugh, pero también aww...

Un rubor poco característico se elevó en mis mejillas, y ella chilló, acariciando el cojín junto a ella en el sofá. Tenía materiales de arte esparcidos por la mesa de café, cuadernos de bocetos con dibujos a lápiz y su tableta estaba abierta en su software de ilustración. Una pila de papeles estaba debajo de ella. Incliné la cabeza, tratando de averiguar qué parte del cuerpo estaba intentando dibujar.

— ¿Tienes una pila de fotos de penes debajo de tu iPad? — Entonces fue su turno de sonrojarse, lanzando una almohada sobre la mesa para cubrir su pila de aparentemente traviesos materiales de referencia.

— No. Por supuesto que no.

Tratando de contener la risa, balbuceé. — Por supuesto que no. Claramente, tus comisiones son solo de la categoría G y PG.

Su cara se volvió de un impresionante tono rojo y no pude contenerme más, abrazándome el estómago mientras reía a carcajadas.

— No es gracioso — siseó, dándome una patada con su pie descalzo. — El único pene que he visto en la vida real estaba cubierto con un condón y ni siquiera estaba duro.

Espera, ¿qué?

— ¿Acabo de escuchar eso bien? ¿El pene de Reid es el único que has visto de cerca?

— Bueno, no estaba tan cerca, y estaba oscuro, y yo estaba sangrando a mares... Pero sí?

— Vaya.

— Cállate. Esto no se trata de mí y mi falta de conocimiento directo sobre penes. Esto es sobre lo que sea que le esté pasando a Hudson. ¿Dónde está él? Pensé que ustedes dos estarían pegados al c...

— Hazel — le reprendí. — Sin hablar de entrepiernas si no quieres detalles.

Ella se rió, pero levantó una ceja, sin dejarme escapar. Y ella merecía saber lo que estaba pasando. Hazel tenía más en juego que Hudson o yo. Podría perder potencialmente a un amigo o a un hermano si las cosas salían mal entre nosotros. Pero nunca la haría elegir.

— Él vendrá más tarde para ponerse al día con el personal que está esta noche y asegurarse de que estén listos para abrir. — Al menos eso es lo que esperaba que hiciera.

— Entonces estoy seguro de que Mikey le contará cómo todo se volvió un desastre justo después de que ustedes se fueran. — Hazel frunció el ceño, con las manos apretadas a los lados, y tuve la sensación de que la psicópata Harley había reaparecido después de que Hudson se alejara conmigo atada en el asiento trasero.

— ¿Qué pasó? ¿Alguien se metió en una pelea?

— Sí — se rió. — Supongo que se podría decir eso. Viv me acorraló y empezó a gritar sobre alguien que robó el coche de Hudson. Supongo que lo vio salir del estacionamiento cuando volvió después de ser escoltada la primera vez, y quería saber a dónde se había ido. Sabía que era Hudson quien se iba contigo porque acababa de leer tu último mensaje de texto y me negué a decírselo. Ella se volvió loca cuando le dije que Hudson no se fue solo, y que Reid vino a rescatarme. Cuando intentó quitarme el halo con un mechón de mi cabello, agarré el bate que dejaste en la mesa y se lo metí en su chocho.

Me salió una risa ahogada al escucharla usar la palabra "Chocho", pero estaba orgullosa de mi amiga por defenderse.

Mikey tuvo que arrastrarla hasta el estacionamiento para que se calmara. Y luego la envió a casa con sus amigos cuando Reid amenazó con llamar a la policía. Me vio observando todo y me advirtió que volvería más tarde por respuestas.

— Mierda — suspiré, sabiendo que era inevitable que Viv apareciera en algún momento. Básicamente le había dicho a Hudson que quería que él esperara mientras ella salía con otros chicos para asegurarse de que realmente lo quería. Lo cual le dije que era una tontería, porque él era un buen partido y si ella no se daba cuenta de eso, era más tonta de lo que pensaba, pero ya no era de ella.

— No crees que volvería con ella, ¿verdad?

— Ni de coña — siseé. Pero no estaba del todo segura. Mi corazón decía que no lo haría, pero ella lo había manipulado durante años. Aparte de nuestras breves conversaciones sobre cómo ella lo había maltratado, él no la había mencionado de nuevo. Habíamos estado demasiado ocupados haciendo otras cosas con nuestras bocas como para desperdiciar palabras en ella.

— ¿Están saliendo ustedes dos?

Deteniéndome, intenté averiguar cómo responderle. Pasamos todo el viaje de regreso esta mañana tomados de la mano, pero él nunca había dicho realmente hacia dónde quería que las cosas fueran desde donde las habíamos dejado. Él había insinuado que las cosas continuarían una vez que estuviéramos de vuelta en casa, pero ya me había decepcionado con promesas hechas en el calor del momento antes. Era por eso que nunca me había comprometido en una relación después de la universidad.

¿Solo fui una aventura? ¿La proximidad forzada de la tormenta intensificó las cosas de manera irreal entre nosotros?

— Mierda. Vas a ponerte histérica ahora, ¿verdad? ¿Necesito ir a darle una paliza para que espabile?

Eso era lo último que necesitaba. Hazel podía ser feroz cuando estaba enojada, y no quería que esto creara una brecha entre ellos. Hudson no había definido las cosas entre nosotros, pero el beso que me dio una vez que estacionamos detrás del bar tenía que significar que no quería que esto terminara.

— No. No... — Mi rodilla temblaba mientras intentaba no dejar que el pánico me dominara.

— Voy a matarlo — gruñó, levantándose del sofá.Le agarré el brazo, tirándola de vuelta a mi lado. — No, no lo vas a matar. Solo necesito hablar con él.

Él debería haberte dicho lo que quería antes de que ustedes dos volvieran aquí. Ustedes dos deben ser los peores comunicadores del planeta. Pasan 72 horas atrapados en una cabaña remota y ninguno de ustedes pensó en salir a tomar aire y hablar de esto.

— Todo fue un accidente. ¿Crees que nos preocupaba la realidad cuando todo esto comenzó?

— La la la la... — tarareó, cubriéndose los oídos. Le di una palmada en el brazo, y ella se echó a reír, sacándome la lengua.

— Eres tú quien quiere hablar de esto. No es como si te hubiera contado lo grande que es su po... — su palma golpeó mi boca, cortando mis palabras. Le lamí la palma, y ella entrecerró los ojos en señal de advertencia.

— Está bien, está bien, no hablemos del tamaño de... — Me quedé riendo por la expresión en su rostro. — He terminado. Pero de todos modos, hablamos, sobre más que... Cosas, pero tenía demasiado miedo de preguntarle qué pasaría cuando volviéramos a la realidad.

— ¿Quieres que le envíe un mensaje a Reid? — Hazel parecía tan ansiosa por respuestas como yo.

— ¿Te refieres al tipo con el que no puedes formular oraciones completas y al que corres en dirección opuesta cada vez que te mira? — Claramente, muchas cosas habían cambiado en esa fiesta.

— En realidad, fue sorprendentemente dulce después de que Mikey arrastrara a Viv fuera del bar. Se aseguró de que estuviera bien, y varias veces el resto de la noche lo vi mirándome desde el otro lado de la sala.

Oh, mi pobre, dulce y despistada amiga. Pasó demasiado tiempo con los personajes imaginarios, aparentemente excitados, de su iPad.

— Eh... ¿No lo ves mirándote todas las noches que estás de turno?

Sus ojos se abrieron, su boca casi cómicamente se abrió en la forma perfecta de una "o". — ¿Qué? No, no lo hace.

— Y soy yo quien necesita prestar atención a su entorno — murmuré, recordando las primeras palabras de Hudson hacia mí en la pista de baile.

— No lo hace realmente, ¿verdad? Me veo fatal la mitad del tiempo después de un turno cuando se vuelve una locura allá abajo. ¿Qué tal si me ve recogiendo los mocos? Oh Dios mío.

— Quiero decir, no todo el tiempo, pero definitivamente lo he visto mirándote últimamente. Creo que está tratando de averiguar por qué no le hablas... Y por qué te escapas cada vez que él entra en la habitación.

— Sabes por qué me estoy escondiendo — siseó, cubriéndose la cara con las manos. Su voz se convirtió en un susurro escandalizado. — He visto su pene.

— Creo que mucha gente ha visto el pene de Reid — me reí.

— No estás ayudando — dijo ella con un puchero. — ¿Crees que me gusta tener un crush en el mejor amigo infiel de mi hermano?

— No ha estado tan mal últimamente.

Reid había pasado tanto tiempo como siempre en el bar, pero la mayoría de las noches estaba aquí ayudando hasta la hora de cierre, no en su tienda acostándose con mujeres al azar.

— Ha tenido más sexo en el último mes de lo que yo he tenido en toda mi vida.

— Eso solo significa que sabes que te haría pasar un buen rato si dejaras de huir de él.

— Claro — se burló. — O se reiría en mi cara si supiera que me gusta. No soy exactamente su tipo.

— Bueno, no pensé que yo fuera del tipo de Hudson. Pero eso no lo detuvo de foll...

— Te odio — se rió, dándome una bofetada en la boca.

— No, no lo haces. Me amas.

Ella sonrió antes de alcanzar su teléfono móvil, metiéndolo en mi cara con la conversación de texto de esta mañana en la pantalla. — Y también mi hermano.

Capítulo
Veintitrés

Charley

HAZEL ME ANIMÓ A ducharme y prepararme para mi turno mientras ella seguía trabajando en sus bocetos lascivos antes de tener una cita más tarde hoy. Si ella pensaba que Hudson era protector ahora, sabía que nunca podría enterarse del giro que habían tomado sus comisiones de ilustración.

Aparentemente, si los personajes estaban desnudos, ella cobraba el doble. Admiraba el espíritu emprendedor, pero era un poco cómico saber que mi virginal mejor amiga estaba dibujando ilustraciones traviesas para pagar sus cuentas.

Quería encargarle un mazo travieso inspirado en UNO, pero eso podría cruzar demasiados límites con todas las partes involucradas. A Hudson le gustaría el juego, pero estaría mortificado de que su hermana supiera que habíamos profanado su juego favorito de la infancia. A Hazel le daría asco todo lo anterior. Y tendría que describirle las posiciones sexuales a mi mejor amiga para que pudiera ilustrarlas porque no tenía ningún conocimiento de primera mano.

Tal vez tenía algunos otros amigos artistas traviesos a los que podría contactar con mi idea.

Para cuando bajé, el bar ya había abierto, pero solo teníamos a unos pocos clientes sentados en sus lugares habituales. Una vez que fueron atendidos, generalmente se mantenían al margen, así que me senté en el otro extremo para charlar con Annie. Quería asegurarme de que no hubiera habido más drama durante el fin de semana.

— Así que estás viva — me dijo en tono de burla, deslizando un vaso de agua frente a mí. Tomé un largo trago, sabiendo que probablemente estaba deshidratada por todos los líquidos que había expulsado durante el fin de semana. — Hazel dijo que había oído de ti, pero cuando Hudson no estaba por ningún lado y ustedes dos se fueron todo el fin de semana, los rumores comenzaron.

— ¿Qué tan malo es? — Me estremecí, odiando que hubiéramos sido un tema de conversación entre mis compañeros de trabajo. Pero estaban destinados a darse cuenta bastante rápido cuando nos vieran a Hudson y a mí interactuar.

— Los cocineros tienen una apuesta de que Hudson desaparecerá misteriosamente porque te deshiciste de su cuerpo en el bosque después de estar atrapados en la nieve con él durante tres días.

— Está vivo y bien vivo. O al menos lo estaba hace unas horas.

— Eso es lo que pensé. El personal de servicio tiene una apuesta sobre cuántas veces se acostaron ustedes el fin de semana. Aparentemente, han estado percibiendo la tensión sexual entre ustedes dos durante meses. Solo estaban esperando a que él dejara a Viv y se diera cuenta de que tú eras una mejor pareja.

— ¿Cómo pensaban exactamente verificar eso? — Me reí, sabiendo que ninguno de los dos había llevado realmente la cuenta, pero no tenía intención de decírselo de todos modos. Tal vez la ligera cojera cuando caminaba les daría una pista de que no pasamos todo el fin de semana jugando a las damas.

— Creo que esperaban que alguno de ustedes cometiera un error y lo contara. Joder, simplemente inventa·un número al azar y haz que Hazel apueste, luego puedes deshacerte de todos ellos por ser unos entrometidos.

— ¿Algo más? ¿La bruja volvió a aparecer?

Ella se rió, sabiendo exactamente a quién me refería.

— No, después de que Hazel usara tu bate para golpearla y Reid la llevara a rastras al estacionamiento gritando tan fuerte que amenazó con llamar a la policía, ninguno de nosotros la volvió a ver.

— Gracias a Dios.

— ¿Crees que va a volver ahora que el clima se ha despejado?

Se encogió de hombros, limpiando el anillo de agua que mi vaso había dejado en la barra. — Esa chica está seriamente loca, no hay forma de saber qué hará. Pero pensé que su cabeza iba a explotar cuando Hazel insinuó que se fue contigo. Así que, tal vez quieras cuidar tu espalda.

Genial. Justo lo que necesitaba, una ex novia loca siguiéndome porque le robé a su juguete. Ahora que él ya no estaba con ella, estaba claramente en pánico porque en realidad tendría que ser una persona agradable para atraer a otro hombre. Aunque a algunos chicos les gustaban las arpías, tal vez tuviera suerte y encontrara a uno de ellos para entrenar.

— Joder — siseó Annie, dirigiendo lentamente sus ojos hacia la puerta del bar.

Moviéndome ligeramente, me incliné para mirar el espejo detrás de Annie que reflejaba la puerta principal. Debería haberlo sabido por la corriente fría y la sensación de terror que lentamente subía por mi columna vertebral que hablar de ella había convocado su trasero maligno.

— ¿Qué está haciendo? — Susurré, prestando más atención de la que merecía a mi vaso de agua.

— Está limpiando el menú con una toallita desinfectante que sacó de su bolso. — Annie frunció el labio y sacudió la cabeza. — Ahora está pasando las páginas como si fuera a contagiarse de una enfermedad incurable por las páginas plastificadas.

— Ugh. Es tan molesta.

— Ahora me está mirando con furia, chasqueando los dedos en el aire.

— ¿Ella piensa que eres su sirviente o algo así? No entiendo esta mierda de privilegios. Su padre dirige la maldita tienda de zapatos de descuento en Butterfly Ridge, no es como si fuera de la realeza.

— Creo que te ha visto. Ella acaba de moverse a una mesa más cercana y está escribiendo algo furiosamente en su teléfono. No sé cómo alguien puede escribir con uñas postizas tan largas. Parecen garras. Y probablemente tengan más bacterias que el menú. ¿Cómo te limpias el culo con esas cosas puestas?

Me contuve la risa, recordando las uñas postizas de varios centímetros que me estaban pinchando en la fiesta. Seguramente tuvo que manejar hasta Pueblo para hacerse esas cosas, porque sabía que las técnicas de uñas locales no hacían eso.

— ¿Qué debería hacer? ¿Debería intentar esconderme?

— Por supuesto que no — se rió, ignorando a la mujer que ahora estaba resoplando audiblemente detrás de mí. — Quizás deberías contarme accidentalmente todo sobre tu fin de semana con nuestro travieso jefe.

— ¿Ann, en serio? No soy de las que cuentan sus besos... Mucho. Hudson se esfuerza tanto por ser profesional, no quiero que piense que estoy cotilleando sobre nuestros asuntos privados a mis compañeros de trabajo que son sus empleados.

— Soy yo. Sabes que no voy a decir nada, y creo que cruella necesita un pequeño toque de atención de que Hudson ha mejorado. Y juzgando por las marcas, no hiciste un muy buen trabajo cubriendolo, es un poco un animal en la cama.

Mirando sutilmente por encima del hombro, me aseguré de que Viv estaba escuchando antes de alzar la voz. Ay Dios mío, no sabía que podía ser así. A ver, sé que es nuestro jefe, pero ese hombre es realmente sucio. La boca que tiene. Joder.

— Parece que alguien tuvo un mejor fin de semana que yo. Me quedé aquí cubriéndote el culo mientras tú te estabas liando con Hudson.

— Y no me arrepiento ni un segundo de ello. Valió tanto la pena todas las propinas que perdí. — Y realmente lo fue. Ninguna cantidad de propinas en el bar podría compensar la sensación de Hudson presionándome y susurrándome cosas sucias al oído mientras me follaba, sacando orgasmo tras orgasmo de mi cuerpo. — Estoy tan cansada, pero supongo que tantos orgasmos en solo unos días harían que cualquiera estuviera exhausto.

Annie balbuceó, con el labio temblando de risa reprimida antes de recuperar el control. — Así parece. No creo haberte visto antes tan relajada.

— Me duele un poco sentarme — me reí, echando mi cabello sobre el hombro para asegurarme de que las marcas de mordiscos en mi cuello fueran visibles desde donde Viv estaba sentada detrás de mí. Desearía poder grabar la expresión en su rostro ahora mismo, pero cuando los ojos de Annie se abrieron de par en par y mordió su labio para contener la risa, supe que tenía que ser épica. — Puede que necesite uno de esos cojines en forma de donut para sentarme. Pero tenemos planes para más tarde. Así que tal vez solo necesite espabilarme y aguantarlo como una... ¿Cómo me llamó? Una diablita traviesa.

El intento de Annie de contener la risa se rompió y yo perdí el control con ella, riendo mientras un gruñido sonaba detrás de mí.

— Eh, ¿perdón? — La voz aguda de Viv llamó, acercándose al bar desde detrás de mí. — ¿Alguien aquí realmente trabaja? He estado sentada aquí durante cinco minutos y nadie ha venido a tomar mi pedido de bebida.

Annie puso los ojos en blanco, lanzando el paño de bar que había estado sosteniendo sobre su hombro. — Es un día de semana, señora. No tenemos ningún camarero de mesa hasta las ocho. Tendrás que venir a la barra para hacer un pedido.

— Maldita inútil — susurró entre dientes, pero tanto Annie como yo la escuchamos. — Está bien. Tomaré un martini seco. ¿Tienen algún licor de alta gama?

Solo había estado en este lugar unas mil veces en los últimos cuatro años, ¿y no tenía idea de lo que teníamos detrás de la barra? — No quiero ninguna de esa porquería barata que le ponen a las bebidas de los niñatos universitarios.

Apretando los puños en mi regazo, traté de no caer en su trampa. Sabía que estaba en la escuela de posgrado, así que tenía la sensación de que el comentario sobre los niñatos iba dirigido a mí. Solo tenía dos años menos que ella, pero aparentemente eso significaba que era una niñata.

— Tenemos Tito's. Si quieres algo diferente, estás en el bar equivocado, señora.

— ¿Perdón? ¿Tu jefe sabe que estás tratando de rechazar clientes?

Annie había estado aquí mucho antes de que me contrataran. Ella era una de las camareras originales que Hudson había entrenado cuando empezó a trabajar aquí a tiempo completo justo después de salir de la universidad.

— ¿Hay algo más que pueda conseguirle? — Annie gruñó con una sonrisa tensa que rozaba lo aterrador.

— Bueno, como todo lo que sirven aquí es asqueroso y frito, supongo que solo la bebida. Puedes ponerlo a la cuenta de Hudson. Estoy esperándolo ahora mismo. ¿Ya ha llegado? Se supone que vuelve hoy.

— Lo siento, señora, pero Hudson no permite que nadie añada bebidas a su cuenta. Y no, él aún no está aquí. Tuvo un fin de semana muy, muy largo quedándose atrapado por la tormenta de nieve. Soy la unica camarera de turno en este momento.

— Pero él siempre está aquí — se quejó.

— Ahora no. Pero estaré encantada de transmitirle el mensaje de que viniste a buscarlo.

— ¿Buscarlo? ¿Buscarlo? Es mi novio — se rió, pero sonaba un poco maniaca.

Intenté no dejar que el comentario me afectara, porque sabía que era lo mejor, pero más le valía estar jodidamente equivocada. Hudson no había actuado como si fuera a correr de vuelta a la perra tan pronto como volviéramos al pueblo.

— Lo dudo — tosí en voz baja y Annie me lanzó una mirada con ojos muy abiertos que probablemente significaba que debería mantener la boca cerrada. Pero que se joda.

— Probablemente llegue pronto — mencioné casualmente. — Tenía planeado tomar una siesta porque estaba agotado de haber despejado el camino desde la carretera principal hasta la cabaña esta mañana.

— ¿Y cómo sabes esto? — Viv preguntó, apoyándose en la barra junto a mí y entrecerrando los ojos.

— Porque lo ayudé.

— ¿Estuviste en la cabaña con él?

— Claro que sí.

— ¿Tienes la costumbre de pasar el fin de semana atrapada en cabañas con los novios de otras personas? ¿O te colaste allí para que él se quedara atrapado contigo? — preguntó, pero a juzgar por las dagas que me clavaba en el cuello, había notado las marcas.

— Bueno, eso implicaría que Hudson tuviera novia. La última vez que lo verifiqué, estaba soltero. Por ahora. Alguien decidió la semana pasada que era mejor si exploraban sus opciones. Y Hudson pasó el fin de semana explorando jodidamente bien. Exploró tan intensamente que casi se desmayó una vez.

— Eh — balbuceó, su rostro volviéndose roja. Observé cómo sus dedos se convertían en puños, sus nudillos volviéndose blancos. — Mira, Cherrie, o como sea que te llames. Hudson y yo no estamos en un descanso. Ha sido mi novio durante cuatro años. Estamos planeando mudarnos juntos después de Navidad y ya he elegido un anillo para él. Estoy dispuesta a pasar por alto lo que sea que creas que pasó esta semana, pero más te vale empezar a empacar ahora, porque me aseguraré de que desaparezcas por completo de su vida y de este edificio. Borrar a un don nadie no será muy difícil.

Girando en mi taburete para enfrentarla, me levanté, saltando sobre ella con mis botas de combate de plataforma. Podríamos haber sido construidas de manera similar, pero seguro que no iba a dejar que me hablara así. Las cosas pueden ser inciertas con Hudson, pero una cosa de la que estaba absolutamente segura era que él merecía algo mejor que esta perra manipuladora.

— Escucha aquí, tú maldita... — mi voz se cortó cuando una palma cubrió mi boca. Mi cuerpo fue de repente aplastado contra un pecho duro, el familiar y reconfortante aroma de Hudson envolviéndome.

— Viv, es suficiente — gruñó, el tono amenazante de cuando me había perseguido por el bosque regresando, enviando escalofríos por mi espalda. — Te han dicho que te mantengas alejada dos veces y has decidido ignorarlo, ¿deberíamos repetirlo una tercera vez? Porque si no te vas, voy a llamar a la policía. Y luego haré que tanto Hazel como Charley presenten denuncias de acoso contra ti por agredirlas en mi bar. Dudo que a tu jefe le gustaría escuchar sobre la orden de alejamiento que presentaré a continuación por acoso.

— Pero... — gimió, con los ojos tan abiertos como platos mientras saltaba entre su agarre posesivo sobre mí y su rostro. — Tu hermana me golpeó con un bate. Podría demandarla.

— Legítima defensa — intervino Annie. — Vi todo y ya revisé las grabaciones de la cámara. Muestra claramente cómo tirabas del cabello de Hazel y la arrastrabas lejos de una mesa antes de que ella se viera obligada a usar el bate para que la soltaras.

Estaba tan triste de no haberlo presenciado en persona.

— Y no te estoy acosando, solo quiero hablar contigo. Claramente, malinterpretaste nuestra conversación de la semana pasada. Porque yo...

Hudson la interrumpió con un gruñido. — Tomaste tu decisión, la mierda que me dijiste fue perfectamente clara, y yo, por supuesto, tomé la mía. Sal de aquí, ya no eres bienvenida.

— Pero este es un bar público y yo soy un cliente que paga...

Annie interrumpió de nuevo. — Técnicamente, aún no has pagado. Pero aún tienes una cuenta pendiente de las últimas dos veces que estuviste aquí. Estoy segura de que a la policía le encantaría añadir un delito menor por no pagar una factura por servicios prestados a los delitos graves de asalto y acoso.

Casi me dio pena la forma en que Viv lo miraba. Obviamente, ella había sentido algo muy fuerte por él en algún momento, pero ese tiempo había pasado. Lo había echado a la calle como si fuera un pedazo de basura porque este dulce y responsable hombre no era lo suficientemente emocionante para ella. Si tan solo supiera de lo que él era verdaderamente capaz en aquel entonces, pero ahora nunca lo sabrá.

— Sal de aquí — gruñó de nuevo, su mano deslizándose de mi boca para rodear posesivamente mi cuello. — No quiero volver a verte aquí nunca más. Y mantente alejada de mi casa. Mi cámara del timbre captó tu coche pasando por en frente veinte veces en los últimos tres días, así que eso debería ayudar con los trámites de la orden de alejamiento.

— Necesito hablar contigo — siseó, su sorpresa inicial transformándose en ira. — No puedes simplemente echarme.

— Claro que puedo — se rió, señalando hacia la puerta con la otra mano. Intenté no desmayarme mientras observaba cómo los tendones de su antebrazo se flexionaban de manera tentadora. Incluso enfadado con su ex, este hombre me hacía acelerar el pulso. — Porque no has hecho más que faltarme al respeto a mí, a mi negocio y a mis empleados durante días. Y nadie le habla a mi chica así.

— Pero ella...

— No hizo una maldita cosa, Viv. La llevé a la cabaña, donde ella realmente le encantaba pasar tiempo conmigo, y elegí pasar el fin de semana con ella. Y la estoy eligiendo ahora. Debería haberla elegido hace mucho tiempo.

— ¿Me engañaste con esta...? — inhaló aire antes de soltar un siseo. — ... Esta puta.

— La única vez que Charley es una puta es en mi cama, Viv. Y créeme, todo es consensuado y a ella le encanta.

Mi cara se sonrojó al ver cómo la ira anterior de Viv se transformaba en pura rabia. Pero Hudson solo se rió, inclinándose para besarme la mejilla. Supongo que no necesitaba preocuparme por si se molestaba porque le contara a la gente detalles sobre nuestros hábitos en la cama.

Antes de que pudiera anticipar el movimiento, me dio la vuelta y me levantó contra su pecho. — Lo siento — dijo con los labios antes de inclinarse sobre mí y presionar mi espalda contra la barra. Sus ojos se suavizaron mientras me miraba. Abrí la boca para preguntarle qué estaba pasando y él capturó mis palabras con sus labios, agarrando ambas mejillas con sus manos fuertes y forzando su lengua más allá de mis labios.

Me tomó un momento ponerme al día, besándolo de vuelta con la misma intensidad mientras mis manos se hundían en su cabello, agarrándolo con fuerza.

El grito que sonó a unos pocos metros de nosotros, seguido del golpe de los tacones y el portazo de la puerta del bar, ni siquiera nos importó mientras nos devorábamos el uno al otro.

Capítulo
Veinticuatro

Charley

— Está bien, ya puedes salir a tomar aire — rió Annie. Hudson soltó un grito mientras ella le daba un golpe con una toalla de bar en el bíceps, a solo unos centímetros de mi cara. — Se ha ido. Y espero que sea la última vez. Pero tengo grabaciones de ella acorralando a Charley y la pelea con Hazel guardadas en tu portatil, si las necesitas.

— Espero que se haya ido para siempre — murmuré, estudiando la mirada intensa en su rostro en busca de señales de si ese beso era solo para aparentar.

— Se ha ido — me aseguró, inclinándose para darme un piquito, demorándose para rozar los suyos con ternura contra los míos. — Para siempre.

— Tal vez quieras llevar esto a un lugar más privado — instó Annie, asintiendo con la cabeza hacia la parte de atrás.

El sonido de la puerta del bar abriéndose y cerrándose hizo que Hudson se apartara de mí, pero mi mano estaba en la suya y me estaba llevando hacia su oficina antes de que pudiera reaccionar.

No se detuvo al pasar por su puerta cerrada, tirándome detrás de él y girando la esquina hacia el almacén trasero.

— ¿A dónde me llevas? — Me reí, no estaba acostumbrada a verlo tan emocionado cuando no estaba intentando hacer un juego de rol de un secuestrador enmascarado.

— Donde yo quiera — gruñó, luego se detuvo de repente y me levantó sobre su hombro.

— Sabes que puedo caminar, ¿verdad? — Me reí, la sangre subiendo a mi cabeza mientras colgaba boca abajo sobre su hombro.

— No por mucho tiempo.

— Oh, ¿de verdad? Suena como una gran promesa. ¿Estás seguro de que puedes manejarlo después de tus actividades este fin de semana? Puede que necesites tomar tus vitaminas y descansar un poco, viejo.

— Creo que ambos sabemos que mi tiempo de recuperación se acelera en el momento en que empiezas a quitarte la ropa. O al menos tus bragas. Si es que llevas. Y más te vale llevar unas.

Mi cuerpo rebotó mientras él subía por la escalera trasera hacia mi apartamento con una mano posesiva en mi trasero, y estaba agradecida de que Hazel se hubiera ido después de que hablamos.

Tendríamos que idear algún tipo de señal, para que no se encontrara con nosotros en la cama. Aunque sabía que apoyaba lo que estaba desarrollándose con Hudson, dudaba que quisiera escuchar cosas que las hermanas no deberían escuchar.

Se detuvo en el descansillo frente a mi puerta y rebuscó en su bolsillo, sacando las llaves del edificio.

— Sabes que se supone que debes notificarnos antes de entrar al apartamento. Solo porque eres el jefe aquí no significa que puedas hacer lo que quieras.

— Considera esto como tu notificación de que absolutamente planeo entrar en tu apartamento, y en ti. Varias veces si estás dispuesta.

— Creo que eres tú quien debería estar dispuesto — le dije en tono de broma.

Pateó la puerta, y esta rebotó contra la pared con un golpe sordo.

— ¡Oye! No voy a pagar por eso si abollaste nuestra pared.

— Soy yo quien arregla esa mierda de todos modos. Si quiero abollar la pared, abollaré la maldita pared. Estoy a punto de hacer un maldito agujero en la pared que está detrás de tu cabecera tambien.

— Demasiado tarde para abolladuras — me reí.

— Sí, ya lo sé. Malditos afortunados.

Me lanzó al final de mi cama antes de cruzar de nuevo hacia la puerta, cerrando el cerrojo.

— ¿Qué se supone que significa eso? — Pregunté, apoyándome en las palmas.

Se acercó a mí, quitándose la camisa y revelando su piel cubierta de tatuajes. No se detuvo cuando llegó a mí, apoyando sus manos junto a las mías y acercándose a mi cara.

— Significa que sé exactamente cómo abollaste tu pared.

— ¿En serio dijiste que podías escucharlo?

— Sí — susurró, inclinándose para besarme. — Este dormitorio está justo encima de mi oficina. No era solo una frase hecha cuando dije que merecías más que los encuentros de una noche que traes aquí.

— Lo siento. Pensé que solo estabas bromeando. Si hubiera sabido que realmente escuchabas...

— Honestamente, no me importa una mierda, ambos tenemos pasados que necesitamos dejar atrás. Pero yo seré la única razón por la que abolles esa pared de ahora en adelante. Incluso podría arreglarlo y luego ver cuánto daño puedo hacerle.

— Suena un poco posesivo. ¿Qué pasa si quiero darle a otra persona una oportunidad?

No lo haria, pero tampoco estaba segura de si esto era más que un romance pasajero.

— No me pongas a prueba, Charley. Sabes que eres mía.

— No, en realidad — susurré, sosteniendo su mandíbula y frotando mi pulgar sobre la barba de su mejilla. — No lo sé. Porque nunca hablamos de lo que viene después.

— Tú — susurró, presionando hacia adelante hasta que quedé plana contra el colchón. — Eres lo que viene después.

— Oh — gemí mientras sus dientes raspaban el lado de mi cuello, Hudson mordisqueando las marcas de dientes que había dejado. — ¿Pero qué pasa si decides que solo es temporal? ¿Qué pasa una vez que la novedad de follarte a la mejor amiga de tu hermana pequeña se desvanece?

— No menciones a Haz mientras intento desnudarte. Pero no necesitas preocuparte por eso. Eres todo lo que quiero en mi futuro. Y no solo este maldito cuerpo pecaminoso — susurró, levantando el dobladillo de mi camiseta sin mangas y besando mi estómago, su lengua girando en mi ombligo. — Quiero tu boca traviesa, y la forma en que me desafías. Esos ojos que me atraviesan.

Un gemido fue mi única respuesta mientras él abría el botón de mis vaqueros y bajaba la cremallera con los dientes.

— Quiero pasar mis noches adorando este coño, y cada mañana despertándome con tus horribles alarmas. También puedo escucharlas en mi oficina.

— Mmm — murmuré mientras él me quitaba los vaqueros, bajando mi tanga con ellos y lanzándola a ciegas detrás de él. Se inclinó, cerrando los ojos e inhalando profundamente.

— Quiero pasar todo mi tiempo libre contigo. Quiero verte echar a los niñatos universitarios descontrolados de mi bar cuando toquen lo que es mío. Quiero ayudarte cuando lo necesites, e incluso cuando no lo necesites. Quiero encontrar un lugar aquí dentro... — Su palma cubrió mi corazón, y me soné la nariz, con lágrimas asomando en las comisuras de mis ojos. — Y que Reid tatúe mi nombre en tu culo o tal vez en tus tetas. No me he decidido aún.

— Eh. No — reí, pero el pensamiento no parecía tan poco atractivo en ese momento.

— Podemos negociar eso más tarde. Tal vez solo te compre un collar con mi nombre.

— ¿Y si no fuera real? — Dije con dificultad, tratando de no reírme ante la idea de que él estuviera de pie con cara de pocos amigos mirando con furia a su mejor amigo mientras me tatuaba el nombre de Hudson en mi trasero.

— Puede que haya perdido los estribos cuando saliste de mi baño en la cabaña — empezó, apoyando su cabeza en mi estómago.

— Solo un poco — susurré, pasando mis dedos por su cabello.

— Pero una vez que superé el hecho de que accidentalmente secuestré a la mejor amiga de mi hermana pequeña, supe que no quería pasar otro momento lejos de ti. Las cosas deberían haber sido incómodas, pero no lo fueron, y sentí que realmente te importaba lo que tenía que decir cuando hablábamos. Jugar y reír contigo en la oscuridad fue de los momentos más divertidos que he tenido en años.

— Pero solo me dejaste aquí y te fuiste sin decir nada sobre que seremos a partir de ahora.

— Porque tenía miedo de decir algo estúpido, y te darías cuenta de que todo esto no valía la pena. Pero luego, cuando pasé por la cocina y te vi lista para literalmente pelear por mí, ya no decidí no alejarme de ti.

— No quiero que lo hagas. Pero no estaba segura de si yo era razón suficiente para quedarte.

Gruñó, avanzando hacia adelante, metiendo sus manos debajo de mis brazos y levantándome en medio de mi cama. — Eres más que una maldita razón. Y lamento que me haya tomado tanto tiempo ver lo que ha estado justo delante de mí durante demasiado tiempo. Eres todo lo que quiero ahora. Eres todo lo que veo. Y es hora de que empiece a demostrártelo.

Capítulo Veinticinco

Hudson

ESTA CHICA, ESTA INCREÍBLEMENTE sexy y brillante mujer, realmente no tenía idea de cuánto poder tenía sobre mí.

Mi primer instinto cuando salió de ese baño hace unos días pudo haber sido perder la cabeza por completo, pero no fue porque no me sintiera atraído por ella. Incluso cuando intenté reprimirlo, había sabido lo hermosa que era por dentro y por fuera durante años, y aunque a menudo peleábamos, su mente astuta era tan atractiva como su apariencia exterior.

Antes de conocerla, la diferencia de edad me había parecido un asunto mucho más importante de lo que realmente era. Pero había seis años de diferencia entre mis padres, y nunca dejaron que una pequeña diferencia de edad se interpusiera en su relación. Mi mamá apenas había cumplido veintiuno cuando lo conoció abajo en este bar. Y como lo contaba mi padre, ella había llenado de dicha su corazón y se negó a irse desde ese momento.

Así me sentía yo con Charley.

La semana pasada me engañé a mí mismo pensando que estaba devastado porque Viv había terminado las cosas, pero dejarme ir había sido un alivio. Porque aunque pensé que estaba llevando a cabo su fantasía durante la fiesta, en realidad estaba cumpliendo la mía. La que hacía lo que quería sin preocuparme por las críticas.

Charley me empujó a salir de los límites que había creado para mí, y quería que siguiera haciéndolo. Quería que fuera libre para experimentar.

— No tienes ni idea de cuánto me has cambiado, me has ayudado a recomponerme. No quiero que esto termine. No ahora, tal vez nunca.

— ¿Estás seguro? Porque creo que me rompería si decidieras que esto no es lo que quieres una vez que se apague el fuego del sexo.

Ella no tenía idea de que la idea de alejarme de ella hacía que partes de mi corazón que ni siquiera sabía que existían dolieran. Y tenía tanto miedo de que ella se alejara de mí. No habíamos hablado de sus planes una vez que se graduara, y estaba aterrorizado de que no hubiera un lugar en su vida para mí una vez que no estuviera atrapada aquí.

— Entonces nunca dejemos que se apague. No creo que alguna vez deje de desearte. Y no, no estoy hablando solo de tu cuerpo. Estoy hablando de ti. Quién eres como persona. Nunca quiero que el fuego de tu corazón se apague. — Sus ojos estaban llenos de lágrimas mientras pasaba sus dedos por mi cabello. Odiaba que le hubiera hecho cuestionar cuán fuertes se habían vuelto mis sentimientos por ella.

Porque aunque todavía teníamos mucho que aprender el uno del otro, sentía que realmente le importaba quién era yo, no quién podía moldearme para ser lo que ella quisiera. No me había dado cuenta de cuánto había estado faltando en mi vida. Viv había estado tan obsesionada con meterme en una cajita ordenada que había perdido mis propios planes de futuro. Y me negué a volver a meterme en esa maldita caja.

— Ahora, ¿puedo quitarte esta ropa? Porque me muero por dejarte completamente desnuda. Ambos tenemos que trabajar en unas pocas horas, y no creo que pueda sobrevivir hasta mañana por la mañana si no hago que te corras en los próximos dos minutos.

— Bueno, no quiero que mueras, así que... — bromeó, agarrando el dobladillo de su camiseta sin mangas y levantándola.

Reclinándome, se lo quité por la cabeza y lo lancé a algún lugar detrás de mí. La miré detenidamente, gimiendo cuando sus pechos desnudos aparecieron a la vista. — Realmente necesitas empezar a usar sujetadores y bragas o nunca voy a poder hacer nada porque voy a querer follarte constantemente.

— ¿Y eso es algo malo? — Sus dedos jugueteaban con sus pezones ya duros, y se me hizo agua la boca al pensar en meterlos en mi boca.

— Puedes andar desnuda por mi casa si te apetece, pero cuando estemos en el trabajo, voy a necesitar que te comportes. Nadie vendrá a beber más si los echo a todos o les doy un golpe en la cabeza con botellas de cerveza por mirar los pezones de mi novia.

— ¿Entonces, soy tu novia ahora? — susurró, tirando de mi cabeza hacia adelante.

— Mmmhmm — murmuré, aferrándome a su pezón, succionando con fuerza y disfrutando de la forma en que su espalda se arqueaba, empujando su cuerpo desnudo contra el mío.

— ¿Qué pasa si no quiero ser tu novia?

Mi cuerpo se congeló, una sensación de pánico recorriéndome, pero la inclinación de sus labios me dio a entender que no estaba hablando en serio.

— Entonces voy a tener que secuestrarte de nuevo y mantenerte en mi cabaña hasta que recuperes el sentido. Estoy pensando que si sigo con los orgasmos, no te tomará mucho tiempo volver a pensar con claridad. Piensa en ello como un sexy Síndrome de Estocolmo.

Cuando ella se reía, mi cuerpo se relajaba, mis manos recorrían sus curvas mientras besaba cada centímetro de su piel suave y expuesta. Tenía miedo cuando salimos esta mañana de que nunca volvería a tener tiempo para explorarla. Que algo en la vida real amenazara con separarnos. Pero Charley había estado más que dispuesta a poner a mi ex en su lugar para reclamarme, y no iba a cuestionarlo. Porque si la situación hubiera sido al revés, su ex estaría en el suelo del estacionamiento con más que un ego herido.

Ella siseó mientras me deslizaba dentro, a pesar de que estaba ridículamente mojada.

— ¿Estás bien, nena? No quiero hacerte daño.

Sus ojos eran suaves, la intensidad de su mirada color avellana estaba enfocada directamente en mí. — Solo un poco adolorida. Pero quiero estar cerca de ti.

— Seré suave — susurré, metiendo mi cara en su cuello mientras movía lentamente mis caderas, disfrutando de cómo hundía sus uñas en mi espalda para mantenerme cerca.

— Pero me gusta más cuando no lo eres.

— Más tarde, nena. Tenemos todo el tiempo del mundo para que te folle duro hasta que te sientes dolorida durante días. Y dejar marcas en tu piel como recordatorios de lo hambriento que estoy de ti — gruñí en su cuello, dejando un rastro de besos juguetones en lugar de marcas de mordiscos en mi camino hacia su boca.

— Amo las marcas que me dejas.

Y yo te amo a ti, pensé mientras deslizaba mi mano detrás de su cuello, agarrando los lados y besándola mientras hacíamos el amor por segunda vez, exhalando aliviado cuando se apretó a mi alrededor minutos después, mi orgasmo llenándola cuando ya no podía aguantar más.

Porque no tenía absolutamente ningún autocontrol con esta mujer, y no estaba seguro de si alguna vez querría tenerlo.

Hudson

— ¡Oh, JODER, MÁS fuerte! ¡Más fuerte! ¡Golpéame como si quisieras hacerme daño! — gritó, sus piernas tensándose mientras levantaba la mano, moviendo la muñeca y observando cómo pequeñas marcas rojas aparecían en la piel cremosa de su trasero con cada golpe del látigo de cuero que sostenía con fuerza.

El fuego crepitaba al otro lado de la habitación, y aún no podía creer que esta fuera mi vida. Que la increíblemente sexy mujer desnuda que estaba en mi regazo era mía, y que en unos días se mudaría a mi casa.

Hace cuatro meses, no podía imaginar compartir mi espacio con alguien, ni siquiera mencionaría su nombre porque no valía la pena ocupar espacio en mi cabeza, y ahora no podía esperar para despertarme con ella en mis brazos cada mañana.

Charley había estado preocupada por lo que pasaría con Hazel cuando le pedí que se mudara conmigo, pero ella lo tomó sorprendentemente bien. Haz ya estaba eligiendo un enorme escritorio en forma de L con una mesa de dibujo incorporada para convertir la antigua habitación de su mejor amiga en su estudio de dibujo.

Cuando me enteré de que había estado hablando con nuestros padres para añadir una extensión en la parte trasera del bar para que tuviera un estudio de dibujo donde trabajar a medida que su negocio de ilustraciones personalizadas creciera, me pareció que era el momento perfecto. Estaba cansado de pasar cualquier tiempo innecesario lejos de Char debido a nuestras condiciones de vida.

Deslizando la mano por debajo de Charley, mis dedos se entraron sin esfuerzo dentro de su cálido y húmedo coño, y sus gemidos aumentaron de tono mientras la penetraba con los dedos. Por mucho que me excitara, habíamos descubierto que ella llegaba al orgasmo más intensamente después de que le infligía un poco de dolor.

Había estado escondiendo su escondite secreto de juguetes de mí durante meses y se mortificó cuando encontré la caja cerrada debajo de su cama mientras empacábamos su habitación. Supuse que eran documentos importantes o algo así, pero estaba lleno de cosas que había acumulado durante los últimos años y que había tenido miedo de usar con una pareja.

Cuando ella sugirió escaparnos a la cabaña por el fin de semana para celebrar el Día de San Valentín unas semanas antes, aproveché la oportunidad para pasar el fin de semana desnudos juntos.

— ¿Estás cerca, nena? Me estoy muriendo de ganas — gemí, acariciando mi polla dolorida debajo de mis bóxers.

— Una vez más — suplicó sin aliento, sus dedos hundiéndose en el cojín del sofá junto a su cara mientras se preparaba para correrse.

— Última vez — jadeé. — Entonces te voy a follar hasta que empapes el sofá.

Levanté mi mano, acariciando juguetonamente el latigo sobre su piel enrojecida, enganchando los dedos dentro de ella para frotarla en el punto que sabía la haría venir en segundos.

— ¡Hazlo ya! — gritó, moviendo las caderas al ritmo insistente de mis dedos.

— Es adorable que aún pienses que estás a cargo de esto — le dije en tono burlón, deteniendo mi mano y sonriendo ante el gemido frustrado que ella ahogó en el cuero bajo su rostro.

— Por favor — gimió, apretando su coño alrededor de mis dedos de una manera que me hizo gemir. Mi polla latia con fuerza. — No me tortures así. Necesito correrme.

Pero seguí llevándola al borde, alternando entre acariciar lentamente con mis dedos y trazar suavemente el látigo de cuero sobre su piel. Cuando sus gemidos se convirtieron en sollozos, me dio pena, pasé mi pulgar por su clítoris y le golpeé el trasero con el látigo hasta que ella tembló y gritó, moviendo las caderas siguiendo mi mano mientras apretaba mis dedos.

— ¿Hora de una siesta, nena? — Bromeé mientras observaba cómo su espalda subía y bajaba con respiraciones laboriosas.

Tenía suficiente energía para levantar la mano, apuntándome con el dedo medio.

— Justo la invitación que estaba buscando — me reí, apartando sus piernas de mi regazo y estirándolas sobre el sofá. Me quité los bóxers, gimiendo mientras me acariciaba la polla unas cuantas veces antes de poner una pierna sobre sus muslos, montándola y apuntando a su húmedo, apretado y aún palpitante coño.

Ella gemía mientras me metía dentro, moviéndome de un lado a otro unas cuantas veces antes de inclinarme sobre su cuerpo, apoyando una mano en el brazo del sofá y la otra en la parte posterior de su cuello. — ¿Vas a correrte para mí otra vez?

Charley gimió, pero flexionó las caderas en cada embestida, usando las manos para sostenerse ante el impacto.

Deslizando los dedos por su cabello, lo agarré con fuerza y presioné su cara contra el cojín debajo de ella, gruñendo en su oído. — Respóndeme o me detendré antes de que tú te corras y yo me correré por todo tu culo otra vez.

Aunque le gustaba que decorara su bonito rostro manchado de rímel de vez en cuando, sabía que le gustaba más cuando me corria dentro de ella.

— Charley — gruñí, tirando de su cabeza hacia atrás y gimiendo cuando juntó los muslos.

— Sabes que podría empujarte de dentro de mí y dejarte aquí para que te masturbes solo — bromeó, pero aún estaba sin aliento.

Aunque solo me había mostrado sus movimientos de taekwondo unas pocas veces, porque nos habíamos distraído y follado antes de que pudiera mostrarme más, sabía que era más que capaz de lanzarme por los aires.

— Sé que solo te quedarías en el pasillo mirándome. Porque eres mi traviesa y pequeña puta.

— Joder — gimió, tratando de empujar sus caderas contra las mías. Le gustaba cuando la insultaba.

— Mi sucia y pequeña perra que ama cuando la ensucio — continué, gruñendo cuando ella me apretó de nuevo.

— ¿Y quién tiene tanta hambre de polla que me arrastra de vuelta a mi oficina y se traga mi semen mientras deberíamos estar trabajando con la puerta desbloqueada para que cualquiera pudiera atraparla de rodillas por mí?

Moviendo lentamente mis caderas, seguía susurrándole cosas al oído, sus gemidos aumentando de tono hasta que estaba gimiendo y corriéndose sobre mí de nuevo, empapando mis muslos con su orgasmo. Las estrellas danzaban en mi campo de visión cuando finalmente me corrí, vaciándome dentro de ella.

— Ahora es hora de la siesta — se rió mientras me salia de ella, mi semen goteando sobre el cojín de cuero debajo de sus caderas. Deslicé mi dedo por ella, disfrutando del suspiro que soltó cuando lo presioné cuidadosamente de nuevo dentro.

Habíamos tenido la conversación sobre hijos y nuestro futuro. Queríamos disfrutar de los próximos años juntos antes de casarnos y empezar a tener hijos. Ella iba a seguir tomando anticonceptivos hasta que decidieramos lo contrario, pero aún tenía de vez en cuando un pensamiento fugaz sobre cómo se vería con su cuerpo creciendo teniendo nuestro bebé. Tal vez había desbloqueado otra fantasía que no sabía que tenía.

— Muévete, nena — susurré, subiéndome sobre su cuerpo saciado y apoyando mi espalda contra los cojines del sofá antes de recogerla en mis brazos.

Pensé que se había quedado dormida, pero su voz suave me impidió quedarme dormido. — ¿Crees que el evento saldrá bien?

— Nena — susurré, tratando de pasar mis dedos por el enredado cabello en la parte posterior de su cabeza. — Has estado trabajando en esto durante meses. Y he visto todos los planes en cada paso del camino. Tú puedes con esto. Ni siquiera necesitabas mi ayuda.

Ella había venido a mí en diciembre con un proyecto que había completado el semestre anterior durante una de sus clases. Era para un evento de citas rápidas a ciegas en dos partes centrado en el Día de San Valentín.

Aunque nunca habíamos hecho un evento así antes, había generado bastante interés, y pasamos semanas después de Año Nuevo evaluando a los catorce hombres que seleccionamos para participar para no acabar con ningún raro. Charley había entrevistado a las mujeres con Annie, asegurándose de excluir a las banderas rojas como mi ex, quien afortunadamente había desaparecido de nuestras vidas.

— ¿Estás seguro de que te parece bien que Hazel participe? Pasa tanto tiempo sola, y no quiero que esté aún más sola una vez que me mude oficialmente.

— Nos aseguramos de que no hubiera ningún imbécil en el grupo. No puedo prometerte que les dé su número a ninguno de ellos, pero tal vez conozca a un buen chico. Va a necesitar a alguien que la mantenga ocupada cuando me niegue a dejarte salir de la cama en nuestros días libres.

— Pareces un chico — se rió, sacudiendo la cabeza hacia mí, pero ella estaba tan ávida por nuestra vida sexual, que solo había mejorado desde que nos fuimos de aquí en noviembre.

— Y creo que eso te gusta de mí. — Presionando mis caderas contra ella, me sonrió mientras la pinchaba en el estómago.

— A veces, tal vez solo un poco.

Eso era algo más que no había cambiado. Tuvimos nuestros momentos en los que no estábamos de acuerdo en algunas cosas, pero aún así podíamos ser juguetones el uno con el otro. Nuestros sentidos del humor se complementaban, y nunca sentí que no pudiera ser yo mismo.

Nuestros padres también estaban felices por nosotros, y pasamos las vacaciones juntos. Acción de Gracias, donde habíamos celebrado una reunión familiar mixta en el bar, y Navidad, donde sus padres habían venido a la cabaña para celebrar con mi familia.

Era imposible imaginar no pasar el resto de mi vida con esta mujer. Y odiaba haber estado tan ciego por una relación superficial que perdí años con ella. Pero también estaba agradecido por lo que teníamos, porque ambos habíamos aprendido lecciones con nuestras parejas anteriores que nos hicieron apreciar lo que teníamos.

Tampoco pensé que estaría tan agradecido por una máscara de Halloween barata de diez dólares. Esa noche cambió mi vida, y todo salió exactamente como tenía que salir, aunque toda la noche no salió como estaba planeado.

El mejor secuestro accidental de mi vida, y también, el único. Pero aún no me opondría a perseguirla por el bosque de vez en cuando.

EL FIN

También escrito por
E.L. Koslo

En Español:

Secuestro Accidental (Amazon)

Libro uno de Hombres Enmascarados de Sage Springs
Hudson and Charley
Vista previa de Secuestro Accidental: https://BookHip.com/JDZLPZX

Illustración Traviesa (Amazon)

Libro dos de Hombres Enmascarados de Sage Springs
Reid and Hazel
Vista previa de Ilustración Traviesa: https://BookHip.com/CKMNCVA

.

En Inglés:

Foreplay on Words (Amazon)

Libro uno de The Dirty Words Series
Evan and Chase
Vista previa de Foreplay on Words: https://BookHip.com/WCJHJGA

Mark my Words (Amazon)

Libro dos de The Dirty Words Series
Sam and Kristine
Vista previa de Mark my Words: https://BookHip.com/QHWGXTZ

Bound by Words (Amazon)

Libro tres de The Dirty Words Series
Nathan and Kelly
Vista previa de Bound by Words: https://BookHip.com/NRRHRBN

.

More Than Words (Amazon)

Libro cuatro of The Dirty Words Series
Adrian and Isobel
Vista previa de More Than Words: https://BookHip.com/TARMSTL

Accidental Abduction (Amazon)

Libro uno de the Masked Men of Sage Springs Series
Hudson and Charley
Vista previa de Accidental Abduction: https://bookhip.com/CDPWXAB

Illicit Illustration (Amazon)

Libro dos de the Masked Men of Sage Springs Series
Reid and Hazel
Vista previa de Illicit Illustration: https://bookhip.com/CDPWXAB

Smokin' Situation (Amazon)

Libro tres de the Masked Men of Sage Springs Series
Annie and Tristan
Vista previa de Smokin' Situation: https://bookhip.com/FCDAKTZ

The Midnight Voyeur (Amazon)

Ginny
Vista previa de The Midnight Voyeur: https://BookHip.com/SZXGKKQ

The Mystery Correspondent (Amazon)

Ryder and Stella
Vista previa de The Mystery Correspondent: https://BookHip.com/XPBVAMB

Redes Sociales

Página web (en inglés): ELKoslo.com

Instagram: @elkoslo_writes
Threads: @elkoslo_writes
TikTok: @elkoslowrites & @elkosloauthor

Facebook: E.L. Koslo
EL Koslo Romance Writer
E.L. Koslo's Dirty Words Brigade

Pinterest: @elkoslo

X: @ELKoslo
BlueSky: https://bsky.app/profile/elkoslowrites.bsky.social

Amazon: amazon.com/author/e.l.koslo

Linktree: linktr.ee.Elkoslo

Newsletter: https://elkoslo.beehiiv.com/

Sobre la
E.L. Koslo

Encuentra lo divertido en tu vida.

E.L. escribe comedias románticas picantes con una variedad de héroes de rollos de canela y heroínas fuertes. Creció en el medio oeste de los Estados Unidos, se casó con su novio de la universidad, ahora vive en uno de esos estados con sus cuatro enérgicos hijos y su compañero de escritura y perra apoyo emocional, Bernedoodle, Quinn. Las bromas y la vergüenza de segunda mano son su mermelada, así que prepárate para reírte con o de sus personajes.

Sus novelas combinan su amor por el romance tórrido, los protagonistas torpes pero adorables y las heroínas testarudas con una pizca de humor y un poco de picante.